Bruno Catier

K. fantôme de l'opéra

Que de rats, queue de rat !

Les personnes qui passent devant ce théâtre sont toujours surprises de voir une telle statue. Elles ne savent pas si cette œuvre est de type réaliste, ou si c'est la sculpture d'un artiste quelque peu fantaisiste. On y voit en effet un homme âgé de grande taille, légèrement bossu, qui arbore un signe religieux sur le revers de sa veste, et qui tient une longue queue entre les mains.

I

Il était une fois un rat, nommé Krunoka. Il naquit un dimanche matin d'été d'une année bissextile, dans une grande ville près de la mer où il y avait beaucoup de rats. Il vécut là ses premières années, se rendait dans des lieux où l'on est censé apprendre des choses, aimait dessiner et avoir des amis, menant ainsi une vie bien rangée.

Un peu plus tard, il découvrit la nature car ses parents décidèrent d'aller vivre à la campagne, à côté d'un petit village. Etre à présent un rat des champs lui plaisait beaucoup aussi, vagabonder dans les prés, apercevoir d'autres animaux, tout cela était un émerveillement quotidien.

Ce séjour à la campagne ne dura pas longtemps, et il repartit avec ses parents dans une ville plus petite, très ancienne, et loin de la mer. Cette ville était jolie, mais bien différente de la grande, et on pouvait rapidement en sortir, la nature étant proche, mais vivre ici ou là ne changeait pas grand-chose à vrai dire, après tout on pouvait se plaire un peu partout pensait le jeune rat, qui aimait rêvasser, imaginer.

D'ailleurs, la plupart de ses congénères ne comprenaient pas toujours cette manière d'être, eux avaient des préoccupations plus courantes, comme manger, dormir, se reproduire, etc…

Quoi qu'il en soit, Krunoka devait s'adapter à ce monde qui était contrôlé par des êtres sur deux pattes, appelés les « *humains* ». Le monde de ces bipèdes était curieux, rythmé par une agitation quasiment incessante, du bruit presque en permanence, et peuplé de machines de toutes les tailles qui se déplaçaient un peu partout.

Ces humains produisaient énormément de choses plus ou moins utiles, dont une quantité incroyable de nourriture, et l'immense gaspillage qui en résultait était très favorable aux rats. Mais les humains n'aimaient pas beaucoup ces derniers, et ils essayaient toujours de les piéger ou de les empoisonner, car ils les considéraient comme des animaux « *doués d'intelligence* ». Ce qui les amenait à concevoir que ces rongeurs pouvaient représenter une menace potentielle pour le monde, et remettre ainsi en question leur domination auto-proclamée. Il existait beaucoup d'autres espèces également, dont d'autres créatures à quatre pattes aux dimensions variées, que les humains nommaient chats, chiens, chevaux, vaches, girafes, etc…

Cela dépendait si les rats vivaient en ville ou à la campagne. On ne voyait pas souvent ces espèces, sauf les chiens, présents partout, et considérés comme les « *meilleurs amis* » des humains. Au sujet des chats, ils étaient souvent dans les mêmes parages que les rats, et si Krunoka gardait un peu de distance avec eux, il était souvent tombé amoureux de l'espèce féline féminine, car il raffolait de la grâce des jolies chattes.

Mais ses amours étaient toujours demeurées platoniques, et surtout impossibles car il n'était qu'un rat, timide de surcroît. Ces félines l'inspiraient, les rattes ayant moins de charme pour lui, et une fois de plus il n'avait pas les mêmes aspirations que ses semblables.

Il y avait quelque chose également qui fascinait le jeune rat, c'était le domaine des sons. Il avait souvent aperçu des humains en produire avec différents instruments, dans la rue ou dans des espaces fermés où il s'introduisait parfois. Cela allait de bruits effroyables qu'ils faisaient en s'agitant et en hurlant à travers des « *systèmes d'amplification* », à des sons plus agréables qui faisaient penser au chant des étoiles dans le ciel. Les humains appelaient cela « *musique* », et c'était très intéressant pour lui d'en entendre parfois.

Un jour, il récupéra dans une poubelle une grosse boite en bois, avec des fils de fer tendus par-dessus que les humains nomment « *guitare* », mais qui était trop grande pour lui, aussi l'arrangea-t-il pour l'adapter à sa taille. Evidemment, il ne savait pas s'en servir, mais en explorant les possibilités de l'instrument, il put au fur et à mesure en tirer des sons. Et il s'aperçut que cela l'aidait beaucoup à vivre, émettre des petits bouts de mélodies était déjà une merveilleuse expérience, comme un genre de voyage.

Un peu avant d'arriver à l'âge adulte, Krunoka perdit ses parents, qui se firent broyer dans une benne à ordures alors qu'ils cherchaient de la nourriture. Eux qui avaient pourtant l'habitude de faire les poubelles, ils se laissèrent surprendre par l'un de ces engins qui ramassent les déchets et les pulvérisent aussitôt. Orphelin, le rat fut donc obligé de se débrouiller tout seul, et il commença ainsi à « *vivre sa vie* ». Il changea de lieux souvent, vécut dans des villes où il y avait plus ou moins de soleil, de pluie ou de vent.

L'instrument de musique qu'il s'était fabriqué le suivait partout, et il appréciait vraiment ce qu'il arrivait à en sortir, tout en étant attiré par d'autres possibilités sonores. Il pouvait confier ainsi nombre de ses émotions à cette guitare, et se sentait parfois transporté par des petits airs qu'il imaginait. Mais bien-sûr, il fallait survivre, et donc sans cesse chercher à manger et trouver des endroits où s'abriter. Cela était souvent difficile, les humains avaient si peur des rats qu'ils se montraient impitoyables envers eux, les pourchassaient, ou avaient toujours cette obsession de les empoisonner.

La vie n'était donc pas aisée tous les jours, et il fallait constamment se méfier des autres, des humains, des chiens qui se mettaient subitement à vous courir après, des chats un peu fourbes, et même des autres rats. Krunoka se terrait ici et là, vivant le plus discrètement possible, et même sur sa guitare il essayait de ne pas attirer l'attention, en jouant le plus doucement possible.

Il vécut ainsi des moments difficiles, sans rien trouver à manger et rejeté par ses semblables. Ceux-ci s'affairaient souvent en bandes organisées à la tombée du jour pour chercher de la nourriture, et le repoussaient parfois violemment quand il se trouvait sur leur territoire. Alors, même s'il rentrait bredouille, ces escapades nocturnes avaient néanmoins du charme, comme voir la lune dans le ciel, se balader dans les rues…

Sa vie se passa ainsi pendant longtemps. Un jour il fit la connaissance d'une ratte, mais celle-ci comprit rapidement qu'il ne ferait pas un « *bon père de famille* », c'est juste un doux-rêveur et avec lui l'avenir était incertain, pensait-elle. Il l'était d'ailleurs tout autant pour lui-même, qui ne savait pas comment se comporter dans la vie, même s'il estimait avoir fait tous les efforts pour s'intégrer dans la communauté des rats.

Alors, cela commençait à lui occasionner pas mal de tourments, le temps passait, l'amour demeurait absent, et les conditions de vie n'évoluaient pas beaucoup. Il se mit à penser qu'il faudrait peut-être chercher encore ailleurs, voyager pour de vrai et pas seulement dans sa tête, vivre d'autres choses, mais il ne savait pas comment s'y prendre.

Un soir, il lui vint l'idée de retourner dans sa ville natale, cette grosse cité au bord de la mer où les rats abondent. Certains arrivaient, ou partaient dans les cales d'énormes bateaux chargés d'humains ou de marchandises venant de pays lointains. Alors pourquoi ne pas embarquer à son tour ? Krunoka se dit qu'il n'avait rien à perdre, et il fit le choix de partir dès le lendemain.

Sa guitare enroulée dans un baluchon, il se rendit à la gare le matin tôt, se faufila entre les voies ferrées, et prit place dans un wagon contenant des gros sacs remplis de papier pliés. Il se cacha entre eux et fit le voyage ainsi, sans bouger, tandis que le train avançait en émettant toutes sortes de bruits métalliques. A un moment donné, alors qu'il commençait à s'assoupir, il entendit des voix humaines au loin et sentit que le train ralentissait, en produisant encore plus de sons métalliques. Le convoi s'immobilisa, la porte du wagon s'ouvrit, et deux humains apparurent dehors sur le quai de la gare. L'un d'eux était perché au volant d'une machine roulante, et criait des ordres à l'autre qui commença à extirper les sacs du wagon, pour les poser ensuite à l'avant de la machine. Krunoka songea qu'il fallait vite déguerpir, et il sauta sur le quai de la gare en même temps qu'un sac était sorti par un humain, qui poussa une exclamation en le voyant passer. Il traversa à toute allure plusieurs voies ferrées, et trouva refuge dans un hangar à proximité, où étaient alignés de vieux wagons. Le cœur battant et son baluchon toujours arrimé à l'épaule, il était content d'être arrivé à destination, il faisait encore jour et il attendrait que la nuit tombe pour ressortir.

Le soir venu, il repartit en direction de la mer et aperçut au loin les gros bateaux qui s'approchaient du port, et d'autres qui en sortaient. Il trottina un bon moment, en humant cette odeur iodée qui lui rappelait sa jeunesse, et il arriva dans la « *zone portuaire* ». Sur le port, Krunoka se mit à observer des machines roulantes qui descendaient de l'un des bateaux, il s'en approcha le plus possible, et pendant que les véhicules se dirigeaient vers la sortie, il courut sur la grande passerelle qui menait dans le ventre du bateau. Une fois à l'intérieur, il galopa encore et trouva rapidement une cachette. C'était un peu comme dans le wagon mais en plus grand, et il dénicha même des restants de nourriture dans un coin, cela tombait bien car il n'avait rien mangé depuis un moment. Recroquevillé là, le rat se mit à déguster ces mets qui semblaient encore frais, sans doute jetés à la hâte par un occupant de l'une des machines roulantes. Tout allait pour le mieux, et on verrait plus tard au moment de quitter les lieux. Une fois les véhicules tous descendus, d'autres montèrent et Krunoka se demanda un instant s'il était dans un bateau ou un parking. Ce ballet dura un certain temps, rythmé par des humains vêtus de couleurs fluorescentes qui parlaient fort en bougeant les bras.

Quand le calme fut revenu, le rat avait fini de grignoter son repas, mais il était plongé dans l'obscurité car le bateau avait refermé son ventre, et tous les humains avaient quitté les lieux. Puis il s'assoupit pendant un long moment, et en se réveillant un peu plus tard, il lui sembla que la température avait nettement baissé. Il décida alors de bouger et de partir explorer les lieux. Un peu plus loin, il s'aventura dans un « *escalier de service* », et arrivé sur un palier, entendit des voix derrière une porte qui s'entrouvrait. Quelques humains apparurent, il fila alors comme une fusée entre leurs jambes, en entendant au passage crier l'un d'eux, puis il galopa dans un long couloir bien éclairé. Quand soudain, son museau se mit à frétiller, car de merveilleuses odeurs parvenaient à ses narines.

Il comprit alors qu'il était proche des cuisines du bateau, et se souvint que certains humains étaient très doués pour préparer la nourriture, mélanger des aliments, les faire chauffer, les refroidir, les mettre dans des boites, etc…

Un instant, l'image de l'un des endroits où il avait vécu lui revint. C'était dans la cour d'un vieil immeuble où il avait jadis élu domicile, et où étaient entreposées des poubelles. Il se postait souvent sur le rebord d'une fenêtre qui donnait sur cette cour, et observait un humain avec un grand nez et un gros ventre qui préparait à manger. Cet humain chantait en tournant un bâton dans un grand récipient, et outre les merveilleuses senteurs qui s'en dégageaient, le rat appréciait les airs que cette personne fredonnait, tout cela était très agréable !

Mais à présent, Krunoka avait déniché les cuisines du bateau, et il s'introduisit subrepticement dans l'une d'elles, puis se dissimula sous un gros buffet à l'aspect métallique. Il vit qu'il y avait là beaucoup d'humains habillés en blanc qui s'affairaient, préparaient des plats, d'autres qui les emportaient, mais il fallait maintenant attendre qu'ils soient tous partis pour sortir de sa cachette et faire des provisions. Quelques heures plus tard en effet, ils éteignirent les lumières, rangèrent les ustensiles et quittèrent la cuisine. Le rat sortit de dessous son buffet, fit le tour des lieux, repéra un sac en plastique inutilisé, et le remplit de toutes sortes de victuailles qu'il prit ici et là. Puis il quitta à son tour la cuisine, longea le couloir désert, et redescendit au parking. Il se dit qu'il pourrait rester là longtemps avec de telles provisions, et plus que satisfait, il piocha dans son sac et se rassasia de choses délicieuses. Une fois bien repu, il déballa sa guitare du baluchon pour émettre quelques sons et exprimer sa joie.

Il n'y avait personne dans le parking, on entendait seulement le ronronnement des moteurs du navire, et il pourrait jouer sa musique tranquillement. Le temps passa ainsi, il ne savait pas combien de jours et de nuits, puisque le ventre du bateau était toujours plongé dans l'obscurité. Mais ce qui était sûr, c'est qu'il faisait de plus en plus froid, et il s'interrogeait sur la destination.

La réponse ne tarderait pas à venir, car à un moment donné, il entendit des bruits partout et vit des humains qui arrivaient dans le parking. La plupart montaient dans leurs véhicules, pendant que d'autres, à nouveau vêtus d'habits fluorescents, agitaient leurs bras en criant.

Puis, des files de machines roulantes se dirigèrent lentement vers la grande porte du bateau qui s'ouvrait, pour s'en aller vers l'extérieur. La fumée produite par tous ces engins était épouvantable, aussi Krunoka rassembla vite ses affaires et se dirigea à son tour vers la sortie. Il courut puis dévala la grande passerelle par où les véhicules descendaient, et se retrouva rapidement dehors.

II

Ici, il pleuvait et faisait nettement plus froid, alors il prit la direction d'une grosse bâtisse en bois sur le port pour s'abriter. En passant, il entendit des humains parler, mais leurs voix ne produisaient pas les mêmes sons que ceux qu'il avait l'habitude d'entendre, de plus, leur apparence physique était différente, ils étaient bien plus grands...

Mais, bien évidemment, pour un rat, tous les êtres sur deux pattes paraissaient toujours plus grands !

La porte de la bâtisse était grande ouverte, à l'intérieur se trouvaient des machines roulantes à l'arrêt, et quelques humains étaient assis dans un coin avec des petites bouteilles de forme rectangulaire à la main. Ils parlaient fort, et portaient souvent à leurs bouches ces bouteilles, pour avaler un liquide transparent comme l'eau. Ils ne virent pas le rat passer, quand il se faufila pour prendre place sous l'une des machines.

De là, Krunoka se mit à les observer, quand l'un d'eux prit un engin bizarre qui était à ses pieds, et le posa sur ses genoux face à lui. C'était une grosse boite avec des touches noires et blanches comme un piano, et avec un genre d'éventail au milieu. Puis l'humain posa une main de chaque côté, et ses doigts actionnèrent les touches tout en ouvrant et en refermant l'engin. Des sons sortirent de cet appareil, et les autres humains se mirent à chanter. Leurs voix semblaient un peu brisées, et tout en chantant, ils buvaient à même le goulot de leurs bouteilles. Krunoka se dit que c'était bizarre de boire de l'eau tout le temps avec cette pluie et ce froid, et il en déduit qu'à force leurs voix devaient se rouiller ! Il les écouta néanmoins attentivement, et apprécia ces airs qui différaient de ce qu'il pouvait entendre habituellement. Tout cela était très « *chargé d'émotion* », ces voix mêlées au son de ce curieux instrument, et il regretta presque de ne pas être un humain, il aurait pu se joindre à eux avec sa guitare, mais il n'était qu'un rat, guère aimé par l'espèce humaine…

Un petit moment de tristesse l'envahit, et il ferma les yeux en écoutant la musique. Les humains se désaltéraient de plus en plus, et chantaient aussi de plus en plus faux, constata-t-il quand il rouvrit les yeux. Lui aussi buvait de l'eau, mais surtout quand il faisait chaud, décidément le comportement des humains était difficile à comprendre…

Il séjourna plusieurs jours et plusieurs nuits dans cette bâtisse, après le départ des humains Un jour, les chanteurs buveurs d'eau laissèrent leurs bouteilles vides à même le sol, mais ne revinrent pas les jours suivants. Alors, l'envie de s'aventurer reprit le rat, et il s'en fut visiter les alentours, mais ne trouva rien de bien extraordinaire, ce port et ses abords ressemblait à celui où il avait embarqué. Puis il se mit en quête de trouver des morceaux de tissus pour se confectionner de quoi se couvrir, car la température devenait quelque peu glaciale. Dans les poubelles avoisinantes, Krunoka trouva une vieille serpillère qui conviendrait parfaitement à la couleur de son pelage, et il se fabriqua un genre de manteau avec des grandes poches. Le résultat fut concluant, et il pourrait ainsi reprendre la route sans trop se faire remarquer, car son envie à présent était de quitter ce port, cette ville, et de se diriger vers la campagne.

Il fit un brin de trajet à pied, bien emmitouflé dans son nouveau vêtement, le baluchon sur l'épaule qui contenait sa guitare et des victuailles prises sur le bateau. Au bout de quelques kilomètres, il aperçut un camion qui stationnait au bord de la route, et dont le chauffeur semblait trifouiller à l'avant du véhicule. Il en profita pour s'introduire à l'arrière de celui-ci, en se glissant sous la bâche qui fermait plus ou moins. Il y avait là des caisses remplies de légumes qui occupaient tout l'espace, et Krunoka resta près bien à l'arrière afin de pouvoir sortir à tout moment. Il entendit ensuite le chauffeur maugréer, puis faire redémarrer le véhicule. La tête sous la bâche, le museau dehors, le rat pouvait maintenant contempler le paysage qui défilait, et il fut satisfait de voir que le camion sortait à présent de cette banlieue grise, pour se diriger vers des espaces verdoyants.

La route était bordée des deux côtés de rangées d'arbres au mince tronc blanc, et dont les feuillages prenaient naissance plus haut. Entre ces arbres, on apercevait parfois des maisons entièrement construites en bois qui laissaient échapper de la fumée au-dessus de leurs toits.

C'était charmant, et surtout très dépaysant pour le rat voyageur, qui avait déjà presque oublié sa vie d'avant. Mais au travers de la cloison qui séparait son espace de celui du chauffeur, lui parvenait un « *boum-boum-boum* » musical, qui lui rappelait ce qu'il entendait dans les machines roulantes de sa ville. Cela devait être une habitude pour les humains de s'assourdir en conduisant leurs machines… Et il se dit qu'il descendrait dès qu'il le pourrait. Cette occasion ne tarda pas à se présenter, car arrivé à un croisement de routes, le conducteur freina puis immobilisa le véhicule quelques secondes, et Krunoka eut juste le temps de sauter sur le bas-côté de la route. Il pleuvotait encore, une agréable odeur de sous-bois humide parvint à son museau, et il s'enfonça dans la forêt toute proche, tous les sens en éveil.

« *Comme c'est beau !* » songea-t-il, en voyant tous ces grands arbres longilignes à perte de vue. La couleur claire de leurs troncs donnait une teinte lumineuse à la forêt, et le sol, quoique mouillé en ce moment, était un véritable tapis herbu, doux sous les pattes. Mais il fallait penser à trouver un abri pour se mettre au sec car le baluchon n'était pas imperméable, et Krunoka tenait beaucoup à son contenu. Il trottina un moment, puis vit au détour d'un chemin une petite maison en bois, apparemment inoccupée.

Il s'en approcha, poussa avec précaution la porte qui était à moitié ouverte, et entra. Il y avait là, dans l'unique pièce, un poêle rouillé, un matelas troué posé à même le sol, et quelques bouteilles vides entassées dans un coin. Quel bonheur ce serait de vivre ici, en pleine nature !

Le rat déposa son baluchon, déballa sa guitare en vérifiant qu'elle n'avait pas souffert de la pluie, et sortit les victuailles du sac. Puis Il entreprit de débarrasser l'intérieur de la maisonnette des bouteilles, qui étaient semblables à celles des buveurs-musiciens du port. Son odorat lui fit comprendre que ce n'était pas de l'eau, car l'odeur qui se dégageait de ces bouteilles était à la fois aigre et douce, et comme il restait un fond de liquide dans l'une d'elles, il le lampa.

L'effet produit par quelques gouttes seulement de ce liquide fut immédiat, et il fut pris aussitôt d'un léger vertige, sa tête tournait un peu… Comment les humains pouvaient-ils boire ça ? Il s'installa ensuite près de la fenêtre, et tout en regardant tomber la pluie, se rassasia encore de bonnes choses, en estimant que c'était très positif de s'être ravitaillé dans les cuisines du bateau. Il y avait là d'excellents mets, les humains avaient du talent pour cuisiner, et cela lui fit pardonner, l'espace d'un instant, leur comportement à l'égard des rats.

Dehors, la pluie qui continuait à tomber se transformait maintenant en flocons de plus en plus compacts, et une légère couche blanche commençait à se former sur le sol. Le froid s'installait également dans la maisonnette, et il faudrait bientôt faire fonctionner le poêle. Après son repas, et avant que la nuit ne vienne, Krunoka sortit ramasser du bois, et trouva derrière la maison quelques brindilles et des bouts de branches relativement secs. Et après plusieurs essais pour faire démarrer le poêle, il réussit à l'allumer, et une douce chaleur commença à se répandre dans la pièce. Bien au chaud, l'estomac plein, le rat joua une petite improvisation à la guitare, puis se mit à bailler, posa son instrument, et il ne tarda pas à s'endormir.

Le jour pointait lorsqu'il se réveilla, et il vit par la fenêtre que les arbres étaient revêtus à présent d'un joli voile blanc. Apparemment, c'était déjà le début de l'hiver dans cette région, et Krunoka décida d'aller visiter les environs. Il mit son manteau, sortit de la maison, ses pas laissaient des empreintes sur la couche de neige qui recouvrait désormais le sol, et ces traces lui seraient utiles pour retrouver le chemin du retour. Il s'éloigna de la maison, et au bout d'une petite heure de marche, découvrit une autre habitation avec des machines roulantes garées devant. Sur le côté de cette maison, il y avait une remise, et Krunoka savait d'expérience que c'était le genre d'endroit où sont stockées des denrées alimentaires. Le rat s'en approcha, il ne courait aucun danger car il était très tôt ce matin, et les humains devaient encore dormir à cette heure-ci.

Et il ne s'était pas trompé, il pénétra dans la remise où il vit du foin, des réserves de céréales, des légumes dans des caisses, ainsi que des sacs de riz. Il savait désormais où venir pendant l'hiver, pour « *faire ses courses* » en quelque sorte… Donc il prit ce qu'il put, le mit dans les grandes poches de son manteau, et repartit comme il était venu. Mais entretemps, le vent s'était levé, et faisait à présent tournoyer les flocons de neige, ce qui rendait le retour plus ardu. Il chemina difficilement dans le sens inverse, en tâchant de suivre ses traces de l'aller qui commençaient à s'effacer, et le vent, et le poids de ses poches gonflées de provisions ralentissaient tellement sa course, qu'il arriva exténué chez lui !

Dans les jours et les semaines qui suivirent, le rat commença à organiser sa nouvelle vie. Krunoka sortait quotidiennement aux alentours de la maison pour ramasser du bois, et hebdomadairement pour aller faire les courses à l'habitation voisine. Il emmenait désormais son grand sac en plastique pour le remplir au maximum, mais il était toujours surpris de ne croiser aucun humain chez ses voisins, pas même un chien… Peut-être qu'ici les humains étaient comme ces animaux dénommés les « *ours* », et qu'ils hibernaient tout l'hiver ?

Puis, un après-midi, alors qu'il grattait sa guitare bien au chaud près du poêle, il entendit un « *toc-toc-toc* » sur les carreaux de la fenêtre. Celle-ci était embuée par la chaleur de l'intérieur, mais il distingua à travers elle une silhouette de… rat ! Il fut très étonné, et s'approcha de la fenêtre : oui, un de ses semblables était là, et il sortit aussitôt pour faire signe à l'inconnu de venir.

Celui-ci était plus grand que lui, avait un collier de barbe grise, piquetée en l'occurrence de flocons de neige, et portait un vieux manteau usé. Il lui dit « *bonjour* » avec un accent que Krunoka ne connaissait pas, et ce dernier l'invita à rentrer. Puis il se présenta : « *je m'appelle Inkrustine, et en me promenant dans la forêt, j'ai aperçu de la fumée qui sortait de la cheminée de cette maison, qui est depuis longtemps inoccupée, alors je suis venu ».*

« *Enchanté, je suis Krunoka* », lui répondit son hôte, qui lui proposa d'ôter son manteau et de venir s'asseoir près du poêle. Les deux rats firent connaissance en racontant chacun un peu de leur vie, et ils discutèrent ainsi une bonne partie de l'après-midi. Inkrustine fut surpris du caractère aventureux de son hôte, tandis que Krunoka apprenait que son invité habitait non loin de là, avec un ami à lui. Les deux rats s'entendirent bien tout de suite, et décidèrent de rester en contact. « *Je repasserai te voir, là je dois partir avant que la nuit tombe* » dit le visiteur, et Krunoka le raccompagna à la porte.

Une fois celle-ci refermée, le rat se dit qu'il avait beaucoup de chance depuis son départ : aucun humain ne l'avait incommodé, il avait trouvé de quoi s'alimenter royalement sur le bateau ainsi qu'à la maison voisine, il avait un logement merveilleux, et peut-être maintenant un ami. Même s'il supportait assez bien la solitude, c'était quand même bien de ne pas rester seul tout le temps. Il reprit sa guitare, se cala près du poêle et égrena quelques notes. On n'était qu'au début de l'hiver, qui durait longtemps dans cette région, à en croire les dires de son nouvel ami. Il faudrait donc trouver de quoi s'occuper, alors le rat pensa que c'était le bon moment pour se consacrer davantage à la musique.

III

Le temps passa, les jours étaient courts car la nuit tombait tôt, et désormais la forêt était parée d'un somptueux manteau blanc. Le silence régnait, seulement rompu parfois par le cri d'un animal que le rat ne pouvait pas toujours identifier, ou bien par des paquets de neige qui tombaient des branches des arbres. Krunoka avait bien planifié son emploi du temps, aller chercher du bois dans les alentours, le faire sécher près du poêle, aller au ravitaillement chez ses voisins invisibles, gratter sa guitare… Il s'était aussi bricolé divers outils en bois, dont une pelle pour ôter la neige qui s'accumulait devant la maison ou sur le toit, et il coulait ainsi des jours paisibles.

Nous étions vers le milieu de l'hiver, lorsqu'un jour, en fin de matinée, l'ami Inkrustine revint taper à sa porte. Il avait un sac en bandoulière, et tenait une bouteille à la main remarqua Krunoka en lui ouvrant. Ils se saluèrent chaleureusement, et l'arrivant sortit de son sac des victuailles ainsi que deux verres, en lui disant : « *on va se faire un festin, mon ami !* ».

Puis il déboucha la bouteille, « *tu dois aussi goûter ça, c'est typique de la région !* », et il versa ce liquide dans les verres. Son hôte reconnut ce breuvage à son aspect transparent et à son odeur, et il eût un léger mouvement de recul, « *c'est ce que boivent tout le temps les humains ici* ? », lui demanda-t-il. Inkrustine lui répondit : « *oui, mais celui-ci est très bon, les humains qui boivent tout le temps, boivent n'importe quoi* ! ». Krunoka était quand même un peu méfiant, mais pour faire plaisir à son ami, il trinqua avec lui et avala sa dose. « *Alors* ? » questionna l'autre rat, « *effectivement, c'est bon, mais c'est fort* ! » répondit Krunoka en plissant légèrement les yeux. Les deux compères se mirent ensuite près du poêle et se rassasièrent allègrement, fromage, pain, fruits, et arrosèrent le tout de ce que l'on appelle ici la « *petite eau* », lui précisa Inkrustine.

Et c'est ainsi qu'avec le ventre bombé, au coin du poêle, les deux amis continuèrent à bavarder après le repas. Inkrustine loua les avantages de la région, sa nature magnifique quoique un peu hostile en hiver, et sa faible population d'humains. A ce sujet il tint à prévenir son ami : « *tu sais, nous approcherons du printemps bientôt, et en général les humains sortent davantage aux beaux jours, ils risquent donc de revenir dans les parages…* ». Il se resservit un verre, puis continua : « *au printemps dernier, ils venaient souvent dans cette maison, ils mangeaient et buvaient beaucoup. Ils faisaient beaucoup de bruit aussi, l'un d'eux avait amené une machine à sons qui faisait un tel vacarme, que même les oiseaux de la forêt avaient déserté les lieux ! Une fois, il en vint deux, un humain mâle et un autre femelle, ils buvaient de la petite eau toute la journée, ôtaient ensuite leurs habits et se mettaient l'un sur l'autre ou dans diverses positions, puis poussaient des cris. Cela dura plusieurs jours et plusieurs nuits, dans la maison ou même dehors, puis ils repartirent dans leur grosse machine roulante… Alors tu ne pourras pas rester longtemps ici, et je te propose donc de venir chez moi, ma maison est plus grande »* et d'ajouter : « *je vis là avec un ami, il s'appelle Choupiko* ».

Krunoka réfléchit un instant, et il accepta la proposition de son ami. Il lui dit de repasser le voir avant l'arrivée du printemps. Son nouvel ami fut content de sa décision raisonnable, et il remplit à nouveau les verres. Sur ce, ils trinquèrent une fois de plus, et Krunoka trouva que cette « *petite eau* » était décidément fort agréable.

L'hiver se déroula tranquillement, rien de spécial ne se passa, c'était une autre routine à laquelle le rat s'était habitué, et il estima même avoir fait de véritables progrès en musique, en pouvant jouer un peu tout ce qui lui passait par la tête. Mais à ce moment-là de son existence, il prit aussi vraiment conscience du temps qui passe, notamment en voyant sur son pelage gris l'apparition de poils blancs. Jeune rat, maintenant au milieu de sa vie, et bientôt vieux rat… La vieillesse approcherait bientôt, et la solitude serait peut-être moins facile à vivre. Krunoka se souvint alors de ce que lui avait proposé Inkrustine, et cela le consola un peu de savoir qu'il irait bientôt habiter chez un ami. Quelque temps après, les premiers signes du printemps se manifestèrent, la neige avait commencé à fondre, la verdure renaissait doucement, et des oiseaux tentaient de se faire entendre dans la forêt. Il faisait encore assez froid, mais le spectacle de la nature était féérique et le rat se souvint de ce que lui avait dit son ami, à savoir que les humains pouvaient apparaître du jour au lendemain dès le début de cette saison. Alors, Il n'était plus aussi tranquille qu'avant, et presque chaque jour il attendait que son ami frappe à nouveau à sa porte.

Cela arriva effectivement, mais à un moment où il s'y attendait le moins. Inkrustine se pointa dans l'après-midi d'un jour ensoleillé, alors que Krunoka jouait de la guitare devant la maison.

L'arrivant, avec encore une bouteille à la main, fut enchanté d'être accueilli en musique, et il le félicita au passage. Il lui dit sur un ton amusé : « *tu joues bien l'ami, tu pourras animer nos soirées à la maison !* », puis il se reprit et lui expliqua brièvement l'objet de sa visite. « *Cher Krunoka, je viens te voir un peu plus tôt que prévu, ce n'est pas encore tout à fait le printemps, mais j'ai aperçu beaucoup d'humains qui commençaient à se promener dans la forêt, certains ramassaient des champignons, d'autres faisaient leurs premiers pique-niques... Tu ne peux plus séjourner ici, désormais cela risque de devenir dangereux !* », et il enchaîna : « *on peut aller dès maintenant chez moi, si tu le souhaites* ». « *Je suis d'accord, justement je pensais à toi récemment, et à ce que tu m'avais dit la dernière fois* » répondit Krunoka. « *A la bonne heure, buvons à l'amitié alors !* » et Inkrustine déboucha sa bouteille, but directement une gorgée au goulot, et la tendit ensuite à son nouvel ami. Ils rentrèrent tous les deux dans la maison, Krunoka mit son manteau, prit le reste des provisions dans son sac en plastique, et enroula la guitare dans son baluchon. Il jeta ensuite un dernier coup d'œil dans la pièce où il avait passé tant de temps, et avec un brin de mélancolie dit : « *cet endroit me manquera* ». Son ami lui dit qu'il pourrait y revenir l'hiver prochain, mais là, nous étions trop proches de la belle saison, et les humains ne toléreraient pas la présence d'un rat dans leur lieu de vacances. Et ils partirent, mais Krunoka ne se retourna pas.

Ils traversèrent ensuite la forêt pendant un assez long moment, puis débouchèrent sur une grande prairie où l'on apercevait au loin un petit village. Inkrustine lui dit qu'il habitait à proximité de ce village, les deux amis marchèrent encore un peu et arrivèrent à un hameau de maisons en bois. La plupart de ces habitations semblaient inoccupées, et Inkrustine lui montra du doigt l'une d'elles avec un arbre devant. Elle était plus ou moins en bon état, une grande partie ayant été rafistolée avec des planches clouées sur les murs, sans doute pour boucher des trous.

Assis sur un banc au pied de l'arbre, un rat un peu ventru portant un genre de manteau militaire, savourait les derniers rayons de soleil de la journée en fumant une cigarette. « *Salut Choupiko* ! » lança Inkrustine au fumeur. Celui-ci se leva et vint à leur rencontre, les présentations furent faites, et il salua le nouvel arrivant. « *Rentrons boire un coup* ! » proposa-t-il, et les trois rats rentrèrent dans la maison. C'est semblable à là où j'habitais mais en plus grand, pensa Krunoka en voyant le poêle et l'unique fenêtre de la pièce. Mais il y avait un étage supplémentaire, identique en surface au rez-de-chaussée, et Inkrustine lui montra l'endroit où poser son baluchon : « *voilà, tu peux t'installer là, comme tu vois on ne manque pas de place* ! ». En s'exécutant, Krunoka regarda quelques secondes par la fenêtre, et vit que le paysage ici était davantage constitué de prairies, et que l'on pouvait voir plus loin.

La fin de la journée approchait, et le soleil amorçait sa lente descente derrière la ligne d'horizon.

A présent, les trois rats étaient attablés, buvant et discutant. Krunoka raconta son périple, son goût des voyages, Choupiko aussi avait pas mal vadrouillé, seul Inkrustine était plutôt casanier et avait toujours vécu ici. Entretemps, la nuit était tombée, la température avait un peu fraîchi, mais le poêle fonctionnait à merveille et chauffait bien la maison. Puis, Krunoka se leva et alla chercher ses victuailles qu'il tenait à partager avec ses hôtes, en leur expliquant où il se fournissait. Les autres connaissaient bien cette maison, ils s'y fournissaient également de temps en temps, mais tous les deux étant plus âgés que lui, ils privilégiaient de ce fait la proximité. Leurs pattes ne les portaient pas aussi bien que jadis, et c'est en rôdant dans le hameau et près du village qu'ils trouvaient leur nourriture.

Le repas fut néanmoins délicieux, avec quelques autres victuailles qu'amenèrent les hôtes, comme du fromage et du pain rassis, et le tout fut arrosé de la fameuse petite eau. Inkrustine, qui avait entendu Krunoka jouer de la guitare, lui demanda d'aller la chercher et de leur jouer un petit air avant que tout le monde aille dormir. Ce dernier monta une nouvelle fois à l'étage et en redescendit aussitôt, sa guitare dans les bras, puis s'assit et se mit à jouer. La bouteille qu'ils avaient vidée à trois lui donna une inspiration supplémentaire, et ce n'est pas un, mais plusieurs airs qu'il leur joua... Ses nouveaux compagnons en furent ravis, le félicitèrent, puis tous allèrent se coucher.

Le lendemain matin, Choupiko fut le premier à être debout, c'était son habitude, et il s'activait à remettre en route le poêle. Krunoka le rejoignit peu de temps après au rez-de-chaussée, quant à l'ami Inkrustine, il avait l'habitude de dormir jusqu'à tard dans la matinée. Les deux rats se saluèrent, puis grignotèrent un morceau ensemble. Dehors, le jour pointait et on entendait au loin un chant d'oiseau répétitif, « *c'est avec ça que se réveillent les humains* » souligna Choupiko. Puis une discussion s'ensuivit sur ces derniers, ou chacun en évoqua les bizarreries.

Choupiko, qui était plus vieux, s'était fait son idée et donna sa version des choses : « *tu sais mon ami, cette espèce humaine semble être majoritairement divisée en deux catégories, une qui aime la nature et les autres espèces, et l'autre qui est prête à tout pour essayer de dominer la première* ». Et il poursuivit : « *la seconde catégorie est la plus redoutable, car dans sa volonté de pouvoir et de domination, elle est capable des pires méfaits, comme celle de tuer, détruire, etc... Mais,*

surtout, elle a inventé un système qu'elle nomme
« argent », et qui régit tout, en prétextant au passage
que cela est nécessaire pour créer, fabriquer des choses
qu'elle pense être utile. Cette seconde catégorie assoit
donc son pouvoir sur la première de cette façon-là, qui
est plus proche de nous, les rats, qui voulons juste vivre
en paix, en respectant la nature et les autres espèces ».
Et Choupiko d'ajouter : « *mais nous en reparlerons, il*
est encore tôt ! ».

Le soleil était au rendez-vous ce matin, et ses premiers rayons dardaient à travers la fenêtre de la pièce où les deux rats discutaient et mangeaient. Une belle journée s'annonçait, et Krunoka informa son ami qu'il comptait aller faire un tour, histoire de visiter un peu les environs. Il sortit donc, et vit que la neige fondait de plus en plus en formant de la boue sur le sol. Quelques oiseaux donnaient timidement de la voix, les premiers feuillages verts s'affichaient, tout annonçait la venue du printemps…

Et c'est en humant cet air doux et léger, et en sautillant parfois au-dessus des flaques de boue, que le rat prit la direction du village. Il traversa tout d'abord le hameau, en admirant au passage les guirlandes de stalactites qui ornaient le bord des toits des maisons, puis il aperçut un vieux chien efflanqué qui reniflait avec insistance l'abord d'une habitation. Méfiant, il se dissimula derrière un tas de bois, et il observait la scène lorsqu'un humain femelle, très âgé et vêtu de tissus aux couleurs vives, ouvrit la porte de la maison. Le chien se mit à frétiller de la queue en poussant des petits aboiements, pendant que l'humain se baissait avec difficulté pour poser un récipient sur le sol. Le canidé ne laissa même pas le temps à l'ustensile d'être à terre, qu'il avait déjà le museau plongé dedans. L'humain se redressa ensuite en disant quelques mots à l'animal, puis rentra dans sa maison. Ce chien semblait avoir très faim, puisqu'il nettoya l'intérieur du récipient en quelques secondes, et repartit ensuite en direction de la maison voisine, quêter sans doute une autre pitance.

Krunoka sortit alors de sa cachette, et il s'en alla dans la direction opposée, vers le village. Il longea un champ, et vit dans la périphérie une rangée de blocs gris, ce genre d'habitations que l'on voit partout. C'était d'ailleurs souvent intéressant au niveau des poubelles, car celles-ci se côtoyaient en grand nombre au pied de ce type de bâtiments, et elles étaient le plus souvent bien garnies. Il contourna les habitations, et s'approcha ensuite du centre du village. Celui-ci n'était guère étendu, une seule grande rue le traversait, où quelques machines roulantes à moitié recouvertes de neige stationnaient. Pas d'humains à l'horizon, peut-être qu'il était encore trop tôt, ou alors que les humains s'agitaient moins ici…

C'était quand même bien différent des villes d'où il venait, pensa le rat. C'était somme toute plus calme, et cela ne lui déplaisait pas, alors il continua sa visite en trottinant joyeusement. Il aurait bien voulu avoir sa guitare avec lui, des airs lui trottinaient aussi dans la tête… Il fit ainsi le tour du village, repéra quelques endroits intéressants pour l'approvisionnement, puis reprit le chemin du retour, car même si c'était le début du printemps, il faisait encore frais dehors et ses pattes étaient trempées.

Peu avant d'arriver à sa nouvelle maison, il aperçut ce coup-ci un chat qui semblait en état de chasse et guettait quelque chose au coin de l'une des maisons du hameau. En s'approchant un peu, il vit que c'était un chat femelle, en déduction de sa grâce naturelle, et il eut une forte émotion car cette chatte était ravissante… Mais il ne voulut pas la déranger, il poursuivit donc son chemin et regagna son domicile.

Choupiko était encore assis sur le banc devant la maison, en train de fumer et sûrement en train de réfléchir. Krunoka sentait que ce rat avait une intelligence au-dessus de la moyenne, et il lui adressa un signe de la patte en arrivant.

« *Alors, cette promenade ?* » lui demanda le fumeur, le promeneur en question lui raconta sa balade, et lui signala qu'il n'avait aperçu qu'un seul humain, celui qui nourrissait le chien. « *Ah oui, c'est un humain gentil qui aime beaucoup les animaux, cette vieille femelle nourrit souvent les chiens errants, et elle est pourtant elle-même très pauvre* » lui expliqua Choupiko. Et sur sa lancée il continua : « *dans ce coin les humains sont paisibles, ils ne sortent pas beaucoup et ne font pas de bruit… Et c'est la raison pour laquelle je me suis établi là aussi* ».

La matinée était déjà bien entamée quand Inkrustine apparut à son tour sur le seuil de la porte. La barbe en friche et quelques poils en bataille sur la tête, il émergeait apparemment d'un profond sommeil. Il salua ses amis, et s'enquit auprès du nouveau venu de sa nuit passée dans sa nouvelle demeure. « *Oh, très bien... J'ai très bien dormi* ! » lui répondit l'intéressé, car Krunoka se sentait en effet très bien ici, en compagnie de ses deux amis, et en plus il avait repéré une jolie créature dans les parages. Puis, Inkrustine convia ses compagnons à rentrer et à se rassasier un peu, et il tenait aussi à parler au nouvel habitant du « *code de vie* » de la maison.

Une fois attablés et en grignotant quelques vivres, Inkrustine expliqua au colocataire le fonctionnement de la communauté : « *cher Krunoka, comme tu peux le voir, la vie est tranquille ici, chacun a son espace, mais nous nous organisons de manière à ce que chacun à son tour s'occupe du bois pour le poêle, et ramène de la nourriture de l'extérieur. Ce sont les deux seules obligations, après il peut arriver qu'il faille bricoler la maison, ou faire un peu de ménage, mais ce n'est pas tout le temps* ». Il se servit un verre, remplit ceux de ses amis et poursuivit, un brin de malice dans les yeux : « *on peut s'amuser aussi, quand même... Et toi qui es musicien, tu peux égayer nos longues soirées* ! ». Krunoka accepta les règles, et à nouveau, les trois amis trinquèrent à l'amitié.

IV

Ainsi commença encore une nouvelle vie pour Krunoka. Il s'adapta très rapidement au rythme de la maison, en allant à son tour ramasser du bois ou chercher de la nourriture. Pratiquement tous les soirs, il jouait de la guitare, et ses amis lui apprenaient des nouvelles chansons. D'ailleurs, ils chantaient plutôt bien, et Inkrustine avait des talents de danseur, dont il fit maintes fois démonstration.

La vie s'écoulait donc tranquillement, et Krunoka avait déjà oublié son séjour solitaire dans la forêt. Parfois, en se promenant dans le hameau, il apercevait la jolie chatte qui rôdait souvent par là. Son pelage était roux, avec quelques taches blanches sur les flancs et entre les oreilles, ses yeux verts étaient splendides, et le rat ne savait pas bien si elle l'avait vu, ou si elle feignait de l'ignorer. Il faut dire aussi qu'il faisait tout pour ne pas être vu, car il était tellement intimidé...

Il n'en parla jamais à ses amis, mais ceux-ci remarquèrent parfois une ombre de tristesse dans ses yeux, notamment quand il s'activait le soir sur sa guitare en jouant des airs mélancoliques... mais le connaissant mieux au fil du temps, ils comprirent qu'il était d'une nature sensible et romantique. Krunoka se remit aussi au dessin, sa passion de jeunesse, et gribouillait des croquis dans un carnet. Choupiko, lui, communiquait souvent ses pensées aux heures des repas, et après quelques verres, se montrait toujours très philosophe. Quant à Inkrustine, le maître des lieux - et de lui-même – il affichait toujours une humeur égale.

Les saisons passèrent, un an s'écoula ainsi, et la petite communauté vivait dans la plus parfaite harmonie. Jusqu'au jour où Krunoka croisa un curieux individu, sur la petite route qui mène au village.

C'était la fin d'un après-midi du printemps, le ciel était légèrement voilé, et le rat, en quête de victuailles, arpentait cette route la veille du jour du ramassage des ordures ménagères. C'était en effet toujours un bon moment pour faire des provisions, car les humains y déposaient leurs poubelles. Krunoka s'apprêtait donc à grimper sur le couvercle de l'une d'elles, lorsqu'il le vit. Etait-ce un rat aussi ? L'individu était de plus grande taille qu'un rat « *normal* », et surtout beaucoup plus épais. Vêtu d'un manteau gris, il était coiffé d'un fichu multicolore comme les humains femelles d'ici, et marchait en regardant à droite, puis à gauche, tout en sifflotant. Krunoka le vit mieux quand il s'approcha, et il remarqua son regard étrange, un peu « *ailleurs »,* mais pourtant très doux. « *Bonjour, s'il vous plaît, peut-être pouvez-vous m'aider, je me suis égaré et je cherche mon chemin* » dit l'inconnu en arrivant à sa hauteur.

Celui-ci lui expliqua qu'il s'était perdu en se promenant, et qu'il ne retrouvait plus l'endroit où il séjournait. Le rat lui dit qu'il ne connaissait pas très bien la région, qu'il vivait également depuis peu dans les parages, mais il lui proposa de l'accompagner chez des amis qui l'informeraient mieux. L'inconnu accepta, et ils s'en allèrent tous les deux. Tout en marchant, Krunoka observa du coin de l'œil le promeneur, c'était bien un rat, mais sans doute mélangé avec une autre espèce, de taille et de poids beaucoup plus importants. Légèrement intrigué, il lui indiqua du doigt le hameau où il vivait avec ses amis, et, sans mot dire, tous deux arrivèrent bientôt.

Inkrustine et Choupiko étaient devant la maison, l'un debout et l'autre assis sur le banc sous l'arbre. Ils semblaient lancés dans une discussion sans doute passionnante, car ils ne virent pas tout de suite les deux arrivants. Ce fut Choupiko le premier qui s'arrêta net de parler, en voyant s'avancer l'individu aux côtés de Krunoka. Il pensa tout d'abord qu'il s'agissait d'un humain, au vu de ce qu'il avait sur la tête, mais il s'aperçut rapidement qu'il s'apparentait davantage à un genre de gros rat. Inkrustine se retourna aussi, et Krunoka, en s'approchant, s'expliqua : « *chers amis, je vous amène quelqu'un qui cherche son chemin, il s'est égaré et ne retrouve pas son domicile* ».

Immédiatement, Inkrustine s'adressa au nouveau venu et lui demanda : « *votre domicile est dans la plaine ou dans la forêt ?* ». « *Il est entre les deux, à la lisière de la forêt, mais j'ai traversé celle-ci avant d'arriver dans le village* » répondit l'inconnu. « *Ah, vous êtes donc de l'autre côté, exactement à l'opposé !* » dit le maître des lieux, après quelques secondes de réflexion.

Il s'ensuivit une demande de détails, de précisions, comme s'il y avait une rivière à proximité, d'autres maisons, etc… Avant qu'Inkrustine ne formule sa réponse : « *je crois savoir où ça se situe, et c'est assez loin en effet…* ». « *Oui, j'ai marché longtemps avant d'arriver par ici* » lui dit l'inconnu. Choupiko prit la parole à son tour : « *et la nuit ne va pas tarder à venir, ce n'est pas prudent de retraverser la forêt à cette heure-ci* », puis il regarda un instant ses deux compagnons qui ne tardèrent pas à comprendre… « *Restez avec nous si vous voulez, on vous raccompagnera demain matin pour vous montrer le chemin, marcher seul la nuit dans la forêt n'est pas recommandable* » dit à son tour Inkrustine.

« *Je ne voudrais pas surtout pas déranger !, et…* » commença l'inconnu, mais Inkrustine coupa court : « *oh, ne vous inquiétez pas, on a l'habitude ici d'héberger des gens de passage !* » en faisant un petit clin d'œil à Krunoka. Ce dernier se mit à penser que, décidément, les rats d'ici avaient un sens de l'hospitalité incroyable ! « *Alors… Rentrons boire l'apéritif, il ne fait pas chaud dehors !* » suggéra Choupiko.

Les quatre approuvèrent, et rentrèrent aussitôt dans la maison. « *Quel est ton prénom l'ami ?* » demanda Inkrustine, en débouchant une bouteille. « *Léonid* » répondit-il, « *et de quelle région viens-tu ?* » s'enquit le maître des lieux. Le susnommé Léonid expliqua de manière succincte d'où il venait, ainsi que la raison de sa présence dans la région, en leur disant qu'il était pianiste, en vacances, et qu'il venait voir son père qui habitait par là. Tout le monde prit place autour de la table en bois qui trônait au milieu de la pièce, et les verres furent remplis de petite eau.

Le poêle diffusait sa chaleur aux senteurs boisées, et le nouveau venu enleva son manteau, puis son fichu, laissant apparaître ses deux oreilles. Sans vouloir avoir l'air de le regarder, les trois autres l'observaient quand même, avec un brin d'étonnement. Inkrustine, qui était également de grande taille, avait trouvé là son équivalent en la matière, sauf que le nouveau venu était aussi beaucoup plus gros, sans doute bien nourri depuis son enfance. Il avait un museau plus long et très large, et sa mâchoire était importante, enfin il donnait l'impression d'être « *une force de la nature* ».

L'apéritif se prolongea nettement, Inkrustine possédait une grande habileté à déboucher des bouteilles, et Choupiko à remplir les verres. Ce dernier d'ailleurs en ingérait plus que les autres, ce qui lui donnait au fur et à mesure une mine plus qu'épanouie, favorable peut-être à sa « *réflexion* ». Puis on en vint au dîner, qui fut très copieux, et on porta plusieurs toasts en l'honneur de l'invité.

Après le repas, Krunoka alla chercher sa guitare, et joua quelques petites improvisations tandis que les autres continuaient à discuter de choses diverses. Léonid ne manqua pas de remarquer chez le guitariste une certaine aisance musicale, et il lui en fit part, lui qui avait passé tant de temps à étudier la musique et le piano. Ce fut une belle soirée, et l'heure vint d'aller se reposer. Un coin dans la maison fut attribué à Léonid, qui remercia tout le monde en baillant. La nuit était étoilée et silencieuse, et un gentil concert de ronflements se faisait entendre à l'intérieur de la maison, mais quelques heures plus tard, l'oiseau au chant répétitif sonna le lever du jour dans le voisinage. Choupiko et son étonnante vitalité, malgré la quantité de verres absorbés la veille, fut comme à son habitude le premier debout, et tandis qu'il alimentait le poêle, les autres descendirent le rejoindre au fur et à mesure. Même Inkrustine se leva un peu plus tôt ce matin-là, et c'est en avalant du café noir que la petite communauté décida de raccompagner Léonid à son domicile. « *Cela nous fera une petite balade* » dit le maître des lieux.

Peu de temps après, les quatre se mirent en route, le temps était splendide, et au loin, on pouvait voir des humains perchés sur des grosses machines qui faisaient des allers-retours dans les champs, « *ils cultivent la terre pour les légumes* » expliqua Choupiko. Léonid trouvait très sympathique de se promener à plusieurs, car ses compagnons étaient vraiment charmants, et il ne regretta pas de s'être égaré la veille. Ils marchèrent ainsi pendant un bon moment, Inkrustine en tête qui connaissait la direction, suivi de Choupiko, Krunoka, et de Léonid qui fermait la marche. Ils pénétrèrent bientôt dans la forêt, et Krunoka se souvint qu'il il avait été ébloui quelques mois auparavant par ces arbres longilignes au tronc clair, car il n'était pas revenu ici depuis. La marche à travers bois se poursuivit longtemps, sans voir le temps passer car ici tout était un enchantement, et chacun des membres du groupe apprécia cette randonnée. Enfin, ils sortirent de ce véritable temple, et Inkrustine repéra rapidement la seule habitation à la lisière de la forêt.

La maison où séjournait Léonid était effectivement en bordure de la forêt, très isolée, mais surtout très visible de ce côté où dominait un vaste ensemble de champs. Ils s'en approchèrent et s'arrêtèrent devant, sans y entrer. Construite en bois, elle ressemblait beaucoup à celle qu'avait occupé Krunoka, en légèrement plus grande, et Inkrustine s'enquit auprès de son locataire de savoir depuis combien de temps il y habitait. Léonid fut plutôt vague dans sa réponse, en disant qu'il était seulement « *de passage* », et il remercia ensuite ses accompagnateurs pour le repas et l'hébergement de la veille, ainsi que de l'avoir aidé à retrouver son domicile. Puis, avant de se séparer, on se salua et on se dit que l'on espérait se revoir bientôt.

Le cortège des trois rats repartit dans l'autre sens, et au bout d'un moment de marche, Inkrustine prit la parole et s'adressant à Krunoka, lui dit : « *c'est un peu comme toi quand tu habitais seul dans les bois, Léonid ne devrait pas trop rester là, les humains ne vont pas tarder à parcourir la campagne et se rendre dans ce genre d'endroit* ». Krunoka acquiesça, et se demanda d'ailleurs ce que faisait là le voyageur solitaire. En marchant, tous les trois commentèrent à nouveau les problèmes liés aux humains, puis ils retraversèrent la forêt et quelques prairies, et regagnèrent leur maison dans l'après-midi. Quelques jours passèrent, le printemps semblait vraiment s'installer, seules quelques ondées passagères contredisaient parfois le soleil qui était presque tous les jours au rendez-vous. Et les humains aussi… Une certaine frénésie les reprit, beaucoup de machines roulantes allaient et venaient, et certains humains se déplaçaient à pied, ou vaquaient à des « *activités de loisirs* ».

Un soir, alors qu'ils étaient attablés, Inkrustine semblait soucieux et dit qu'il aurait fallu, la dernière fois, prévenir vraiment Léonid des risques liés aux humains qu'il encourait. C'était un oubli de sa part confessa-t-il, et peut-être faudrait-il retourner le voir le plus tôt possible pour l'en informer. Krunoka se porta volontaire, c'était toujours un plaisir d'aller dans la forêt, et il souhaitait s'entretenir un peu plus avec Léonid, qui conservait pour lui une certaine auréole de mystère. Les rats se mirent d'accord, et Krunoka se rendrait le lendemain chez l'habitant de la lisière de la forêt. Choupiko remplit à nouveau les verres, et à la fin du repas, le guitariste de service alla chercher son instrument pour « *mettre un peu d'ambiance* ». Mais ce coup-ci, il leur joua le début d'un morceau qu'il avait composé les jours précédents, c'était une petite chanson qu'il voulait dédier à quelqu'un.

Krunoka repartit donc le lendemain matin tôt, il avait bien repéré le parcours la fois précédente, et c'était comme faire un petit voyage pour lui. Il appréciait beaucoup sa vie avec Inkrustine et Choupiko, mais ceux-ci étant plus âgés que lui, ils étaient aussi plus casaniers, et lui avait besoin de « *bouger* » davantage. Il pensa aussi, qu'avec eux, il prenait des « *habitudes de vieux »,* à boire l'apéritif tous les jours, mais il fallait bien l'avouer, tout cela était très sympathique... Et en trottinant en direction de la forêt, Krunoka songea, en riant intérieurement, à ce qu'avait raconté un soir Inkrustine.

C'était concernant les bouteilles de petite eau qu'il rapportait, cette activité lui étant strictement réservée. Pour cela, il s'était confectionné un genre de chariot pour transporter ce qu'il considérait comme une *« nécessité vitale ».* Une fois les bouteilles vidées à la maison, il les mettait sur le chariot et s'en allait au village pour les remplir à nouveau. Il s'y rendait toujours en fin d'après-midi, avant la fermeture des commerces, et entrait dans un magasin du village nommé *« La bonne cave ».* Inkrustine savait qu'en y allant à ce moment, l'humain qui tenait ce commerce avait déjà consommé une certaine quantité de petite eau, et le plus souvent dormait, assis à côté d'un énorme tonneau plein du fameux breuvage. Il suffisait dès lors d'actionner le robinet du tonneau, faire couler le précieux liquide, et remplir ainsi les bouteilles, pendant que celui qu'Inkrustine appelait désormais *« nez rouge »,* en raison de la couleur qu'avait pris son appendice nasal, était plongé dans un sommeil très profond, et ronflait très, très fort paraît-il...

Cela avait beaucoup amusé Krunoka, qui à présent était entré dans les bois. Toujours aussi admiratif de cette forêt, il imaginait un jour lui rendre hommage en composant un air pour décrire ses sensations, ses émotions, ou alors il la dessinerait... Après tout, il avait le choix de s'exprimer comme il l'entendait. Puis, il arriva enfin à la lisière, et aperçut la maison de Léonid d'où une petite fumée blanche s'échappait du toit.

Il frappa à la porte, et l'hôte de ces lieux ne tarda pas à venir lui ouvrir. Celui-ci le reconnut tout de suite, le salua, et le pria d'entrer, car il faisait malgré tout encore un peu froid dehors. Une agréable odeur de feu de bois l'accueillit, car cette maison possédait en plus d'un poêle une cheminée où dansaient en ce moment quelques flammes. Léonid ne semblait pas tellement surpris de la visite de Krunoka, et il lui proposa de venir s'asseoir au coin du feu. « *Qu'est-ce-qui t'amène ici* ? » lui demanda-t-il.

« *Léonid* », commença Krunoka, « *Inkrustine qui connaît bien la région, m'a chargé de te prévenir d'éventuels risques que tu pourrais courir ici…* ». Puis il lui expliqua en détails, et en illustrant de quelques exemples, les dangers liés aux comportements des humains. Quand il eût fini son exposé, Léonid, qui l'avait écouté sans rien dire, retournait à l'aide d'un bâton une bûche dans la cheminée pour la faire brûler des deux côtés. Puis il lui dit : « *oui, je sais bien que cette espèce est dangereuse, j'ai eu maintes fois l'occasion de le constater…* ». Il se mit ensuite à parler de ses expériences en la matière, de sa vie en général et aussi de son activité de pianiste. Et c'était fabuleux pour quelqu'un comme Krunoka de rencontrer un musicien, il l'écouta donc avec attention.

L'histoire de Léonid était la suivante : né d'une mère ratte et d'un père ours, ce qui expliquait son physique imposant, il était devenu musicien professionnel dès son plus jeune âge. En effet, ses parents ayant remarqué son don pour la musique, ils lui avaient fait suivre des études dans ce domaine-là. Puis, un peu plus tard, son père et sa mère s'étaient séparés, et étaient repartis en mauvais termes chacun dans son pays, la mère au sud et le père au nord. Léonid, encore jeune et complétement livré à lui-même, faisait le bonheur des humains qui l'exhibaient dans différents cirques et autres salles de concerts. L'âge venant - Léonid devait avoir environ le même qu'Inkrustine et Choupiko - le pianiste intéressait de moins en moins les humains, et en plus il perdait peu à peu l'usage de ses mains.

Pour retrouver celui-ci et poursuivre sa carrière d'artiste, il avait dû commettre quelques méfaits que les humains nomment « *crimes* », et il était à présent poursuivi par un « *représentant de la loi* ». Ce dernier le pourchassait partout, et peut-être même ici, alors que Léonid tentait de retrouver son père. Le pianiste séjournait depuis peu dans cette maison inhabitée, et il essayait donc de savoir où vivait à présent son géniteur. « *Voilà mon histoire, bien-sûr j'ai un peu synthétisé pour te la raconter le plus clairement possible…* » dit Léonid, en remettant une autre bûche dans le feu.

Le rat était émerveillé par ce qu'il venait d'entendre, lui dont la vie semblait bien terne à côté. « *Enfin, bref, je cherche mon père… il est, paraît-il, dans le coin !* » ajouta Léonid. Krunoka lui répondit qu'il pourrait encore demander à ses amis de l'aider, car ils connaissaient la plupart des habitants de la région. Pour finir, il insista sur le fait de ne pas séjourner trop longtemps dans cette maison isolée, et proposa, comme lui avait suggéré Inkrustine, de venir habiter avec eux.

« *Je vais réfléchir un peu, et peut-être viendrai-je très prochainement* » commenta Léonid. C'était déjà la fin de l'après-midi, et Krunoka émit son désir de partir avant la nuit, il adorait marcher dans la forêt mais surtout le jour, et sur ce, il prit congé de son hôte.

Sur le chemin du retour, le rat pensait pourtant davantage à l'histoire de Léonid qu'à admirer la forêt. Il avait bien senti, dès sa première rencontre avec lui, que celui-ci était « *différent* », et qu'une complicité naturelle pouvait s'établir entre eux. Peut-être aussi le fait qu'il soit musicien pouvait-il créer des « *atomes crochus* »… Cette pensée occupa tellement son esprit qu'il arriva à la maison sans voir le temps passer, alors que la nuit venait de tomber.

Il retrouva ses camarades, déjà attablés autour d'une bouteille, et leur raconta son entretien avec Léonid en omettant volontairement certains détails, et en leur faisant part de l'intention de celui-ci de retrouver son père. Il les informa également de sa probable et prochaine venue parmi eux.

Les jours qui suivirent se déroulèrent tranquillement, la température extérieure était de plus en plus agréable, et les rats « *lézardaient* » bien volontiers au soleil, assis sur le banc devant la maison. On écoutait souvent Choupiko, qui avait toujours quelque chose à dire, sa cigarette à la main. Celui-ci avait rencontré Inkrustine un peu par hasard, après avoir été victime d'un genre de guerre menée par les humains, qui tenaient absolument à les exterminer, lui et ses semblables. A cette époque, il vivait au sein d'une importante communauté de rats dans une grande ville grise et froide, et les humains développaient de nombreuses stratégies et techniques quasiment « *scientifiques* » ou « *militaires* », pour éliminer tous les rongeurs. Et c'est ce qui arriva, la population de rats fut pratiquement toute éradiquée, seuls quelques-uns purent survivre, ou mieux, s'enfuir. L'ami Choupiko était de ceux-là, il décida alors de quitter cette ville et de se réfugier à la campagne. Mais il avait été partiellement empoisonné, la convalescence devait être longue et il survit comme il put, en imitant ces animaux que les humains appellent les « *taupes* », en vivant dans un trou dans la terre, et en n'en sortant que pour aller chercher à manger. Il parvint ainsi à « *se reconstruire* », puis un jour il croisa le chemin d'Inkrustine, et celui-ci lui proposa de venir habiter avec lui, dans la grande maison où il vivait seul.

Concernant ce dernier, son histoire était différente, bien plus calme. Il avait toujours vécu là, avec ses parents, un frère et une sœur, mais au fur et à mesure chacun avait disparu ou quitté la maison. Ses parents moururent de vieillesse, il perdit un frère qui à force d'aller dans une ville proche avait été empoisonné, et sa sœur vivait désormais avec un gros rat très dominateur qui faisait commerce de fromages.

Mais Inkrustine n'aimait pas beaucoup parler de sa vie, et préférait écouter celle des autres et leur donner des conseils. Parfois, il lui arrivait de plaisanter au sujet de sa sœur, qui, à force de manger du fromage ressemblait de plus en plus à une souris… En fait, il savait juste que celle-ci, sous l'influence de son conjoint qui pour ainsi dire « *pensait à sa place* », et avec l'abondance du fromage qu'elle consommait, devenait telle une souris, peureuse, soumise et fuyante…

Et puis un jour, en un début d'après-midi ensoleillé, alors que les trois amis digéraient leur repas assis sur le banc dehors, arriva le quatrième et potentiel ami. Ce fut Krunoka qui aperçut le premier l'importante silhouette de Léonid, quand celui-ci fit un signe de la main, suivi d'un « *bonjour* » en arrivant. Choupiko et Inkrustine sortirent un peu de leur torpeur pour le saluer, et Krunoka l'invita à s'asseoir avec eux sur le banc. Tout le monde remarqua que Léonid ne portait plus son fichu multicolore, et qu'il avait changé de manteau qui à présent était de couleur marron. Il trimballait avec lui un sac de « *moyenne contenance* », comme disent les humains qui font des randonnées de quelques jours, et, à peine assis, en extirpa une bouteille de petite eau de grand format. « *C'est pour vous les amis, pour vous remercier de m'accueillir !* » s'exclama-t-il.

Inkrustine sortit complètement de sa torpeur en voyant la bouteille en question, effectivement plus grande que celles qu'il connaissait, et il demanda à Léonid de la lui passer pour observer l'étiquette qui était collée dessus. « *C'est de la bonne, de la très bonne même !* » dit-il, en la passant à son tour à Choupiko qui confirma l'appréciation. On se mit d'accord pour la goûter, et Krunoka alla chercher des verres à l'intérieur.

Puis, après en avoir avalé chacun quelques centilitres, les amateurs de cette boisson conclurent, que oui-oui elle était très bonne, voire délicieuse ! Mais il ne fallait pas en abuser, et la garder pour les « *grandes occasions* », précisa Inkrustine. Sur ce, on rentra dans la maison et on montra à Léonid son « *espace* », pas loin de celui de Krunoka, et il fut à son tour informé du code de vie de la communauté, et de ses obligations. Ainsi pouvait commencer la vie à quatre. Mais elle ne devait pas durer bien longtemps…

Les jours suivants, Léonid alla se promener seul, afin de « *prendre ses repères* » et visiter les environs. A son tour, il apprécia le hameau, la proximité du village et la campagne environnante. Par la suite, il remplit aussi ses obligations, et rapporta régulièrement de la nourriture pour tous. Tout allait bien, et, le soir au repas, les discussions avaient un réel aspect « *démocratique* », celui où on écoute les autres et où on ne se coupe pas la parole tout le temps comme le font les humains. Krunoka, en général, ne participait pas beaucoup aux débats, et se contentait de gratter sa guitare en écoutant parler ses compagnons. Mais un soir, il annonça qu'il avait fini de composer un petit air, et qu'il le dédiait à l'ami Léonid. Avant toute chose, on remplit les verres, puis on se mit à écouter le guitariste.

La mine concentrée, celui-ci joua son air, une « *valse* », et il fut chaleureusement applaudi à la fin du morceau. Le pianiste le félicita pour sa petite composition, « *c'est un bon début* ! » lui dit-il, puis ce fut au tour de l'ami Inkrustine de se donner en spectacle, en exécutant quelques « *danses traditionnelles* », pendant que ses amis tapotaient sur la table pour battre le rythme.

Mais la petite compagnie n'avait pas encore étudié le cas de Léonid, concernant le but de sa présence dans la région. Cela se fit dans le milieu d'une journée, alors que tous profitaient des rayons du soleil. Ils étaient assis sur le banc devant la maison, après qu'on ait dû bricoler une extension au banc devenu trop petit pour quatre, et en raison du gabarit du dernier venu, et donc on discutait. En fait, Léonid n'avait pas voulu froisser ses nouveaux amis dès son arrivée, en leur disant qu'il ne comptait pas rester longtemps parmi eux. Il avait attendu jusqu'à aujourd'hui, soit environ dix jours, pour dire qu'il était dans le coin avant tout parce qu'il recherchait son père. Il ne l'avait pas vu depuis un certain temps, et il sollicitait indirectement de l'aide de leur part.

Ce fut Inkrustine qui le premier s'enquit de quelques précisions, mais c'est Choupiko qui donna les « *premiers éléments d'information* » à ce sujet. Oui, il voyait très bien l'individu dépeint par son fils, c'était un ours brun qui vivait dans un village voisin, et qui aurait été blessé par des humains venus d'un autre pays. Il était depuis dans l'impossibilité de se mouvoir et vivait seul dans une maison vétuste, mais des habitants de la commune veillaient quotidiennement sur lui, à tour de rôle. Cette nouvelle réchauffa le cœur de Léonid, car il ne savait pas trop comment s'y prendre pour retrouver son géniteur. Choupiko lui proposa de l'emmener le voir le lendemain, et Krunoka qui n'avait jamais vu d'ours, était également intéressé par la visite. De son côté, Inkrustine prétexta qu'il avait des choses à faire, dont notamment aller s'approvisionner chez le fameux « *nez rouge* ». Sur ce, et c'était déjà la fin de l'après-midi, on décida de rentrer, de s'attabler, et de fêter cette bonne nouvelle en goûtant de manière plus approfondie la bouteille apportée par Léonid. Celle-ci ne tarda pas à révéler sa saveur, et même si elle était d'un volume nettement supérieur aux autres bouteilles qu'Inkrustine remplissait, elle fut presque vide après la séance de dégustation. Krunoka, qui buvait beaucoup moins que ses acolytes, remarqua que le pianiste aussi avait « *une bonne descente* », et qu'il pouvait « *tenir la dragée haute* » à Choupiko dans ce domaine-là.

Et comme d'habitude, la journée s'acheva sur un apéritif-repas-digestif-ambiance musicale.

Après une nuit paisible, Choupiko, Krunoka et Léonid absorbaient un petit-déjeuner avant de se mettre en route, tandis qu'Inkrustine dormait encore. Léonid montrait quelques signes d'impatience car il était pressé de revoir son père, aussi se mit on en devoir d'accélérer un peu le rythme, et on sortit de la maison. Il était relativement tôt dans la matinée, une belle journée de printemps s'annonçait, et ce coup-ci c'est Choupiko qui menait la marche.

Le trio dépassa le hameau, puis le village, et prit une direction que Krunoka ne connaissait pas. Ce dernier regardait avec attention le paysage, plutôt plat, avec toujours ces grandes prairies à perte de vue, et Léonid semblait plongé dans ses pensées, mais personne ne parlait. Ils marchèrent un bon moment comme ça, puis quelques maisons apparurent. Ils arrivaient à destination, quand le meneur du groupe s'arrêta un instant pour réfléchir, puis se remit en route. Les deux autres suivirent, et on entra dans le village vers le milieu de la journée. Il n'y avait pas beaucoup d'humains dehors, sans doute était-ce l'heure du repas.

Ils traversèrent le bourg, puis Choupiko montra aux autres la maison du père de Léonid, qui était juste à la sortie, au bord d'une petite route. Elle était en partie construite en bois, et le jardin devant était envahi d'herbes folles et de plantes diverses. Le trio s'engagea au milieu de toute cette végétation, et Choupiko frappa à la porte d'entrée sans hésiter. Une voix se fit entendre de l'autre côté : « *qu'est-ce que c'est ?* », et Choupiko se retourna, regarda un instant Léonid, puis répondit « *c'est pour quelqu'un, de la famille* ». Un petit moment de silence s'ensuivit, puis la voix à l'intérieur dit : « *entrez, entrez, la porte n'est pas fermée !* ». Les trois pénétrèrent alors dans la maison, directement dans un salon à moitié vide, puis la voix derrière une autre porte au fond de la pièce résonna à nouveau : « venez, *c'est par ici* ! ».

Choupiko et Krunoka regardèrent Léonid, et lui dirent : « *vas-y, on t'attend* ! ». Léonid rougit un peu, s'avança vers la porte, et la poussa en disant : « *papa, c'est ton fils... Léonid* ». Puis il la referma. Les deux autres restés derrière la porte entendirent quelques exclamations, des voix qui s'entremêlaient, et attendirent, immobiles, en parcourant des yeux la pièce où ils étaient. Il y avait là un gros poêle, un récipient en métal posé dessus, des tapis aux couleurs vives accrochés aux murs, une étagère avec des ustensiles de cuisine, et une fenêtre qui donnait sur le jardin. D'ailleurs, en s'approchant de celle-ci, Krunoka vit que dehors le ciel se chargeait de nuages.

Mais l'entretien entre le père et le fils ne dura pas longtemps, car Léonid rouvrit la porte au bout de quelques minutes, et invita ses amis à venir les rejoindre. En entrant, les deux autres aperçurent, à contre-jour, dans un fauteuil avec des roues, une silhouette massive qui leur fit signe de s'approcher. *« Bonjour, vous êtes les bienvenus »* dit la silhouette. Krunoka, qui n'avait jamais vu d'ours, put donc en observer un. Celui-ci était vêtu d'un grand pull en laine de couleur mauve, et avait une couverture posée sur le bas du corps qui recouvrait partiellement le fauteuil. *« C'est vrai que ce sont des gros animaux »* pensa Krunoka, impressionné aussi par la taille de sa tête, mais surtout par son regard qui semblait vous déshabiller en une fraction de seconde.

« On dirait qu'il a fait toutes les guerres du monde... » pensa Krunoka, qui avait entendu une fois cette phrase dans une chanson. L'ours s'adressa d'abord à Choupiko, qu'apparemment il connaissait déjà, puis à Krunoka en lui demandant son nom. Ce dernier, plutôt intimidé, lui répondit, l'ours acquiesça et il les invita ensuite à s'asseoir auprès de lui. Léonid fut prié par son père d'aller chercher dans la pièce d'à côté le récipient qui chauffait sur le poêle, ainsi que quelques verres sur l'étagère. Mais, cette fois-ci, tout en bavardant, on ne

boirait pas de « *petite eau* », mais un liquide brun et chaud, du « *thé* » disent les humains.

A l'extérieur, le ciel s'était bien noirci et une pluie fine commençait à tomber, on sentait que l'orage n'était pas loin. A l'intérieur aussi il faisait sombre, et l'ours pria encore son fils de se lever et d'aller allumer la lampe du plafond. Celui-ci s'exécuta, la lumière fut, et il revint s'asseoir. Le père de Léonid commenta la météorologie locale, puis on en vint à parler du village voisin où résidaient les trois autres.

L'ours vivait dans la région depuis longtemps, et il expliqua qu'il connaissait très bien les environs. Il raconta qu'il avait été blessé près de leur village, par des humains qui venaient d'un pays étranger. Il était à présent immobilisé sur son fauteuil, et ne sortait guère de sa maison. Les habitants de la commune s'occupaient de lui, car ils avaient été choqués que d'autres humains viennent sur leur territoire tuer des ours, pour prendre leurs peaux et faire du commerce. En effet, ces humains faisaient un très long voyage dans une machine volante, et une fois à terre, montaient dans des engins roulants qui passent partout, et pourchassaient les ours. Ils avaient un accent bizarre quand ils s'exprimaient, comme s'ils étaient toujours en train de mâcher quelque chose, et ils étaient armés jusqu'aux dents.

V

Un orage éclata peu de temps après, et la lumière dans la maison vacilla un peu. On resservit du liquide chaud dans les verres, et Krunoka, qui ne connaissait pas cette boisson, la trouva plutôt agréable. Inévitablement, on continua à parler des humains, c'était un sujet inépuisable, et ce fut au tour de l'ours de donner son avis.

Pour lui aussi, c'était de curieuses créatures, et il en parla dans les termes suivants : «*j'en fréquente régulièrement du fait de mon handicap, car ils viennent s'occuper de moi, mais il faut rester extrêmement vigilant avec eux. Je m'explique : j'avais un oncle qui parcourait la région avec un humain, ce dernier l'exhibait dans les villages et l'obligeait à faire des mouvements bizarres pour amuser les autres humains, mais surtout pour gagner de l'argent. Ceux-ci appréciaient particulièrement ce genre de spectacle où l'on montre qui est le plus fort*».

Puis le père de Léonid marqua un temps d'arrêt, et il reprit ensuite en soulignant que son espèce pouvait s'estimer beaucoup plus forte que l'espèce humaine, qui, semble-t-il par jalousie, avait toujours l'obsession de dominer les autres... Et il conclut : «*bref, quand mon oncle est devenu trop vieux pour continuer à parcourir les routes et rapporter des bénéfices, l'humain l'a assassiné lâchement alors qu'il dormait ».*

L'ours but un peu de thé avant de poursuivre, alors que les trois autres écoutaient attentivement sa version des choses : « *vous comprendrez maintenant pourquoi je dois être méfiant et vigilant : peut-être que les humains qui s'occupent de moi ne sont en fait qu'intéressés par ma peau, et qu'ils me nourrissent afin que celle-ci retrouve son éclat perdu* ». Tous approuvèrent la logique de son raisonnement, particulièrement Léonid qui, même s'il n'était pas complètement un ours, avait été lui aussi exhibé par des humains pour jouer du piano. Krunoka se dit qu'il avait été pour l'instant épargné d'être exhibé pour jouer de la guitare, quant à Choupiko, il estima simplement qu'il n'était pas intéressant pour les humains, en tant qu'« *artiste du spectacle* ».

La discussion reprit ensuite, mais sur le thème de l'alimentation, et on commenta ce que chacun aimait manger, boire, etc…

Pendant ce temps, Krunoka écoutait d'une oreille distraite la conversation, tout en regardant par la fenêtre la pluie tomber. Nous n'étions qu'au milieu de l'après-midi, mais dehors il faisait sombre et la pluie tambourinait sur le toit de la maison, lorsqu'il aperçut ou crut apercevoir quelqu'un derrière les carreaux de la fenêtre. Il eût un bref sursaut, se leva et s'approcha, mais non, il n'y avait rien, ou plus rien… Pourtant il n'avait pas rêvé ! Ses compagnons, en le voyant s'agiter, cessèrent un instant leur discussion, et lui demandèrent l'objet de son tourment. Krunoka expliqua avoir vu une étrange silhouette derrière la fenêtre, qui semblait espionner l'intérieur de la maison. Les autres lui demandèrent des précisions, et il leur dit qu'il avait eu seulement le temps de voir qu'il avait un *« très long nez »*, un *« chapeau »* sur la tête, et que l'un de ses yeux était « *rond et fixe* ».

Ces détails, bien évidemment, étaient à prendre avec précaution, car cette apparition n'était pas restée bien longtemps derrière la fenêtre… Mais Krunoka qui avait le goût du dessin, en plus de celui de la musique, avait une bonne mémoire visuelle, et était à peu près sûr de ce qu'il avait vu.

Ce fut Choupiko qui réagit le premier : « *c'est peut-être ce que les humains appellent un fantôme* », et il donna son point de vue en expliquant que chez l'espèce humaine il existait des croyances, comme celle de « *quelqu'un dans le ciel* » qui surveille tout. On lui demanda de développer un peu ce thème, et il enchaina : « *les humains, qui s'ennuient beaucoup dans ce monde, en plus d'avoir inventé toutes sortes de choses plus ou moins utiles pour s'occuper, se déplacer ou trucider les autres, ont également élaboré des pensées qu'ils pensent être profondes, sur la notion d'un au-delà. Il y aurait donc, selon eux, des êtres supérieurs dans le ciel, et même des apparitions de temps à autre sur la terre, dont les fantômes. C'est pour ce genre de raison aussi qu'ils construiraient de grandes et belles maisons en leur honneur, et qu'ils s'entretueraient à l'occasion avec ceux qui ne partagent pas les mêmes idées* ».

L'ours commenta brièvement : « *on peut reprocher beaucoup de choses aux humains, mais sûrement pas leur imagination !* », ce qui fit beaucoup rire l'assistance... Sauf Krunoka, qui, lui, avait bien aperçu quelqu'un dehors qui semblait les observer. Léonid prit à son tour la parole : « *c'était peut-être tout simplement un passant, ou un vagabond* », et tout le monde apprécia cette version réaliste, ce qui clôtura le débat. Puis on se remit à parler d'aliments et de nourriture, pendant que Krunoka semblait plongé dans une profonde réflexion, car à vrai dire, il trouvait intéressante cette idée de « *fantôme* ». Ce n'est pas qu'il se sentait comme un humain, loin de là, mais il se demandait souvent s'il n'y avait pas « *autre chose* », quelque chose - ou quelqu'un - d'invisible. En effet, si les humains avaient de l'imagination, pourquoi les autres espèces n'en auraient-elles pas également ? Il regarda ses compagnons, qui étaient en ce moment même davantage préoccupés de choses alimentaires, et il se sentit étrangement seul.

La pluie avait cessé à présent mais le ciel était toujours très chargé, et dehors il faisait assez sombre. L'après-midi touchait à sa fin, et d'un commun accord on décida de rentrer à la maison pour profiter de ce moment d'accalmie. On laissa Léonid et son père quelques instants en tête à tête, afin qu'ils puissent se parler encore un peu, puis on quitta les lieux. Léonid était très ému d'avoir retrouvé son père, et il pourrait revenir le voir quand il le voudrait, puisque maintenant il connaissait le chemin. Et c'est d'un pas soutenu que les trois amis prirent le chemin du retour. Sans doute ce jour-là le « *quelqu'un dans le ciel* » leur fit le cadeau de ne pas faire tomber la pluie, car ils arrivèrent le soir à bon port, sans avoir reçu une seule goutte d'eau sur la tête.

Inkrustine était en train de préparer l'apéritif quand ils entrèrent dans la maison. Il venait juste d'arriver, après s'être ravitaillé en petite eau. Il les accueillit à bras ouverts, et les invita à s'asseoir autour de la table et à raconter leur visite. On remplit les verres, on trinqua, et Léonid exprima sa joie d'avoir revu son père. Il ajouta qu'il retournerait le voir bientôt, et qu'ensuite il rentrerait dans son pays. Ce dernier point causa un peu de tristesse chez ses compagnons, car il était déjà bien intégré dans la petite communauté, mais « *il pouvait revenir quand il le voulait* ». On trinqua une nouvelle fois à l'amitié, et la soirée se poursuivit selon les règles habituelles, tandis que la pluie s'était remise à tomber dehors.

Le lendemain, ce fut le vent qui se leva et balaya les nuages et autres résidus orageux. Le printemps était déjà bien avancé, mais dans cette région le climat était contrasté et on arriverait bientôt à un été assez court, et peut-être très chaud. Les jours s'étaient rallongés, donc on pourrait boire et manger dehors, en s'installant sous l'arbre devant la maison… C'est ce à quoi s'employaient ce matin les quatre amis, ils avaient sorti la grande table en bois, et cherchaient la disposition idéale sous l'arbre, de manière à avoir à la fois « *un peu d'ombre et un peu de soleil, mais pas trop non plus* ».

Après moult essais, ils trouvèrent la bonne orientation et décidèrent « *démocratiquement* » des places que l'on attribuerait à chacun. Inkrustine choisit de s'octroyer la place la plus « *stratégique* », qui, selon lui, était celle d'où l'on pouvait le mieux voir arriver d'éventuels visiteurs, mais c'était surtout la plus confortable…

Et aujourd'hui, c'était au tour de Choupiko d'aller au ravitaillement. Celui-ci partit donc en direction du village en fin de matinée, pendant que les trois autres s'étaient déjà installés autour de la table et attendraient qu'il revienne avec des vivres, pour inaugurer le premier apéritif et le premier repas dehors. Choupiko trouva rapidement des victuailles dans une poubelle bien garnie, sans doute déposée là récemment, et il s'apprêtait donc à rentrer quand il croisa un inconnu qui le salua. Choupiko vivait dans le coin depuis suffisamment longtemps pour en connaître les habitants, et il n'avait jamais vu celui-ci. Il répondit au salut par un bref petit signe de la tête, mais ce qui l'interpella de prime abord, c'est qu'il semblait correspondre à la description du « *fantôme* » aperçu par Krunoka la veille, chez le père de Léonid. Mais bien évidemment ce n'était pas un fantôme, mais tout simplement… une volaille, et Choupiko se souvint que les humains nommaient ce genre de volaille un « *canard* ».

Ce canard, donc, qui avait ôté son chapeau pour le saluer, avait effectivement un très long nez, c'est-à-dire un bec, et ses yeux étaient ronds et fixes, comme toujours chez les volailles et autres oiseaux. Peut-être Krunoka n'avait pas pu voir l'intégralité de ce personnage à travers la fenêtre, mais Choupiko remarqua qu'il était assez ventru, et portait un long manteau vert qui luisait un peu. La volaille poursuivit son chemin dans le sens opposé à celui de Choupiko, et ce dernier eut l'impression qu'il l'avait quand même regardé avec insistance. « *Ce n'est rien, c'est juste l'effet produit par ces yeux ronds et fixes, Krunoka est sensible, une silhouette dans la pénombre l'aura effrayé !* » se dit-il, en marchant vers la maison où l'attendaient les autres.

Ceux-ci, d'ailleurs, furent surpris de son retour si rapide, mais en le voyant arriver avec son sac rempli à ras bord, pensèrent surtout qu'ils allaient se régaler ! On déballa les vivres, les verres et la bouteille de l'habituelle boisson étaient déjà en place, et on se mit à « *faire ripaille* » comme disent les humains. Après quelques verres de petite eau, Choupiko raconta, sur le ton de la plaisanterie, qu'il avait croisé le fameux fantôme de la veille… enfin, qu'il pensait que c'était lui. Krunoka s'arrêta d'un coup de manger, Inkrustine émit un simple : « *ah bon, un fantôme ?* », et Léonid ne pipa mot. Choupiko, tout en mangeant dit : « *oui, Krunoka, il ressemblait à la description que tu nous en as faite hier* » puis, en se resservant un verre : « *en fait… c'est juste un canard, qui porte un chapeau et un pardessus vert* ». Il expliqua ensuite à Inkrustine qui n'était pas au courant, l'apparition d'hier derrière la fenêtre chez le père de Léonid. Cela fit sourire le maître des lieux, il est vrai qu'on ne voyait pas beaucoup de canards se promener seuls, vêtus et coiffés comme ça, et il en conclut : « *un touriste sans doute* ! ». Quant à Léonid, il ne fit aucun commentaire, mais remarqua que Krunoka le regardait, comme si ce dernier attendait un mot de sa part. Et la discussion au sujet du fantôme ou du canard s'arrêta là.

Le repas terminé, les quatre amis prirent leurs aises, et s'installèrent les uns sur le banc sous l'arbre, les autres dans la maison pour faire une bonne sieste. Le vent à présent s'était calmé, le soleil dominait, et de plus en plus d'oiseaux s'exprimaient avec entrain dans les environs. On était au cœur de la « *belle saison* », et les humains se montraient de plus en plus investis dans leurs « *activités d'extérieur* ».

On pouvait ainsi en voir qui marchaient, couraient ou pédalaient plus que d'habitude, car il fallait en effet profiter des beaux jours dès maintenant, le reste de l'année y étant moins propice. D'ailleurs, c'était moins les habitants du village que d'autres humains venant de plus loin, qui se livraient à toutes ces activités. Ils arrivaient souvent à plusieurs dans une machine roulante qui passe partout, au rythme d'un « *boum-boum-boum* » musical, et ils étaient équipés de vêtements adaptés à leurs éventuelles performances physiques. D'autres venaient « *prendre l'air* » ou tuer des animaux pour les manger, ou encore festoyer dans les bois. C'était donc la saison la plus favorable à l'espèce humaine, un peu moins aux autres espèces, mais Léonid et Krunoka en avaient été avertis durant leur séjour dans la forêt. Ce dernier, n'arrivait pas vraiment à se reposer, et le ronflement de ses compagnons, mixé aux différentes voix des oiseaux, ne l'y aidait pas beaucoup non plus. Il pensait à cette notion de fantôme, soit « *un être qui existe et qui n'existe pas* », et cela lui donnait matière à réflexion. Au-delà de l'épisode chez le père de Léonid, c'était plus le « *concept* » qui l'intéressait, et c'est comme si lui-même se sentait parfois un peu « *comme un fantôme* ».

Assis sur le banc à côté d'Inkrustine, qui dormait bien et l'exprimait par un ronflement régulier dans une tonalité grave, Krunoka réfléchissait donc à cette notion de fantôme. Quant à Choupiko et Léonid, ils étaient allés se relaxer à l'intérieur, mais à travers la fenêtre ouverte on pouvait entendre leurs ronflements, qui étaient plutôt dans le registre médium/aigu, ce qui, à eux trois, fournissait un spectre sonore équilibré… Et comme il était le seul qui n'arrivait pas à dormir, Krunoka décida donc d'aller se promener, mais pas trop loin, juste histoire de faire quelques pas. Il appréciait en effet de faire un tour après s'être rempli l'estomac, surtout qu'ici on mangeait et buvait beaucoup plus qu'en vivant seul. Le rat se mit en marche et emprunta le chemin qui traversait le hameau en direction du village, en savourant ce petit moment de solitude.

C'était le début de l'après-midi, et apparemment ses compagnons n'étaient pas les seuls à faire la sieste, aussi en déduit-il que la déferlante humaine arriverait un peu plus tard. En sortant du hameau, il aperçut la chatte blanche et rousse qu'il avait vue quelque temps auparavant, et qui était assise devant un tas de bois en train de faire sa toilette. Mais cette fois-ci, elle aussi le vit, et cessa de lécher l'une de ses pattes pour le regarder, et même plus : non seulement, elle le scruta de ses magnifiques yeux verts, mais en plus elle se mit à… chanter ! Krunoka se figea sur place d'un seul coup, il n'avait jamais entendu une telle voix, un tel chant ! Cela semblait venir du fin fond des âges. Toute à sa musique, la chatte avait à présent fermé les yeux, comme s'il elle était en train de communiquer avec un au-delà… Le temps semblait s'être arrêté, le rat se sentait comme possédé, et à son tour il ferma les yeux pour mieux écouter. La mélodie s'imprimait dans son cerveau, c'était comme si cet air allait et venait, comme s'il courait dans toutes les parties de son corps, comme si cette musique s'éloignait et disparaissait…

Puis Krunoka rouvrit les yeux, et effectivement la chanteuse avait disparu ! Il regarda à droite à gauche, s'avança près du tas de bois, en fit le tour, rien, la chatte n'était plus là. Un peu étourdi après une telle émotion, presque envoûté par cette créature et son chant, le rat se remit à marcher et plutôt que d'aller vers le village, préféra bifurquer et aller méditer dans les bois. Arrivé à l'entrée de la forêt, il choisit une place au pied d'un arbre et s'y assit.

Toujours pas d'humains à l'horizon, il pourrait ainsi réfléchir tranquillement : fantôme, au-delà, tout cela se mélangeait un peu dans sa tête !

Mais pour le moment, adossé à son arbre, il était hanté par cet air étrange, qui l'appelait loin, si loin de lui… Puis il bailla, s'assoupit, et s'endormit carrément. Finalement, tout le monde dormait dans le coin, l'heure de la sieste unifiait les différentes espèces et leurs rythmes de vie.

Tout le monde ? C'était oublier un promeneur solitaire, un certain « *Hanz* », représentant de la loi dans son pays, actuellement en déplacement pour accomplir une mission, et qui vadrouillait près du village à cette heure-ci. Vêtu d'un imperméable vert, coiffé d'un chapeau mou, il arpentait les environs depuis la veille, et envisageait de terminer son travail sous peu. Cet individu était de petite taille, avait un gros ventre, et appartenait à l'espèce des volailles. Il aimait son métier et se sentait toujours très impliqué à faire respecter la loi, lui-même ayant été victime d'un dysfonctionnement de celle-ci dans le passé. En fait, Hanz pourchassait surtout des individus peu recommandables et autres crapules, et la crapule du moment était dans les parages, il l'avait enfin repérée.

Descendu à l'unique hôtel du village l'avant-veille, il avait fait un long voyage pour venir dans ce coin perdu, certes agréable, mais il était impatient de regagner la ville dès sa mission achevée, son terrain de chasse étant plutôt le milieu urbain. A son arrivée ici, l'humain qui tenait l'hôtel était plutôt sceptique quand Hanz avait demandé une chambre, mais il s'était montré par la suite plein d'empressement à son égard, quand le représentant de la loi avait exhibé sa carte professionnelle. Il est vrai que l'on accueillait très peu d'individus de cette espèce, la volaille, dans les hôtels en général, mais le tourisme s'étant très démocratisé ces derniers temps, les commerces de tout poil se montraient davantage ouverts aux étrangers, ainsi qu'aux autres espèces.

Dans ce que l'on pourrait nommer la périphérie du village, Hanz avançait ainsi par petites enjambées régulières, les mains dans les poches, le regard scrutateur. La fixité de ses yeux pouvait enregistrer bon nombre d'informations visuelles, et si son physique était plutôt réduit, son activité cérébrale était, elle, bien développée, et il pouvait se flatter d'avoir arrêté bon nombre de malfaiteurs dans sa carrière.

Tout en marchant, il sortit une main de sa poche, tâta son flanc gauche, son pistolet était bien là, dans sa gaine accrochée sous son imperméable. Il faudrait « *la jouer fine* », car le criminel qu'il pourchassait était d'un gabarit puissant, et suffisamment malin pour lui échapper une nouvelle fois. Cette crapule lui avait déjà filé entre les mains alors qu'il était sur le point de l'arrêter dans son pays, et Hanz avait donc dû étendre sa filature aux pays étrangers.

Par la suite, les renseignements qu'il avait recueillis s'étant avérés exacts, il savait désormais que le suspect se cachait par ici, peut-être avec l'aide de complices. Le représentant de la loi l'avait bel et bien vu l'autre jour, à travers la fenêtre d'une maison du village voisin, et ce n'était qu'une question de temps pour procéder à son interpellation. Que reprochait-on à ce suspect ? Juste quelques meurtres en fait, provoqués par strangulation, mais cela avait été un jeu d'enfant d'en identifier son auteur, ce dernier ayant laissé ses empreintes sur le cou des victimes. Le criminel était, paraît-il, un « *artiste* », un musicien, et le représentant de la loi disposait de son portrait-robot, ainsi que de photos prises pendant des concerts.

Inkrustine ouvrit un œil, puis deux, il avait piqué un bon petit roupillon… Le soleil doux et chaud de ce début d'après-midi avait toutes les vertus, dont celle d'assurer une bonne digestion après un repas copieux et bien arrosé. Il regarda à côté de lui, il était seul sur le banc, les autres devaient être dans la maison ou bien partis se promener. Il s'étira, cela favorisait une meilleure souplesse articulaire pour un long corps comme le sien, puis il entreprit de débarrasser la table où tout était resté en vrac après le repas.

Les bras chargés, il s'apprêtait donc à rentrer quand il aperçut quelqu'un qui passait sur le chemin devant la maison. Immédiatement, en voyant l'apparence du passant, il se rappela la récente discussion au sujet d'un « *fantôme* ». Mais ce fantôme-là semblait bel et bien en chair et en os, bien en chair surtout, la proéminence de son ventre pouvait en témoigner… Et effectivement il portait un chapeau, mais c'était juste un canard, qui marchait lentement, les mains dans les poches.

Ce fut à présent au tour de Krunoka de se réveiller, il avait également bien dormi au pied de son arbre. L'herbe duveteuse sur laquelle il s'était allongé, la douceur de l'air et les sons de la discrète symphonie des oiseaux, l'avaient en un rien de temps plongé dans un délicieux sommeil. Il en avait déjà presque oublié sa rencontre avec la chatte, mais la mélopée lui revint tout de suite. Un bref instant il se demanda s'il n'avait pas rêvé, mais l'omniprésence de cet air dans sa tête lui fit comprendre que ce n'était pas un rêve. Son cerveau avait provisoirement enregistré la musique, et maintenant, il était pressé de retranscrire cela sur sa guitare pour ne pas l'oublier. Il se leva illico, et en fredonnant cet air prit le chemin du retour, mais à peine quelques pas effectués, un autre genre de musique se fit entendre au loin. Krunoka crut tout d'abord à un bruit de machine roulante pétaradante, mais il comprit ensuite que cela ressemblait davantage à un coup de feu. « *Oui, c'est vrai que nous sommes à la belle saison, les humains sortent davantage et s'emploient à tirer sur des animaux* » pensa-t-il.

On aurait pu en effet lui donner raison, car c'était l'époque pour certains humains de « *s'adonner aux plaisirs de la chasse* », d'éprouver de la joie de se promener avec une arme à feu, et d'assassiner quelque gibier plumé ou poilu, ou même, à défaut, d'autres humains… Car c'est important de conserver un entrainement, de « *ne pas perdre la main* », quand on pratique un sport ou une quelconque activité, tout humain passionné le sait bien. Pourtant, dans ce cas-là, il n'y avait eu qu'un seul coup de feu, signe de l'œuvre d'un virtuose ? Sa musique intérieure s'arrêta net de résonner, et le rat accéléra le pas, peu rassuré. S'il y avait des individus armés dans les alentours, il valait mieux ne pas trainer et rentrer au plus tôt à la maison !

Il arriva bientôt au hameau, le calme régnait, il n'y avait aucun signal inquiétant, et il était pressé de jouer à la guitare cet air obsédant avant qu'il ne s'évapore. En effet, Krunoka savait que parfois on a des airs dans la tête, mais qu'ils partent aussi vite qu'ils sont venus, et il voulait ne surtout pas oublier cette mélodie. Peut-être même que Léonid pourrait l'aider à la noter, car il ne savait ni lire ni écrire la musique, et peut-être que son lien amical avec le pianiste se trouverait renforcé par la même occasion.

Les oiseaux si loquaces ces dernières heures s'étaient tus, et un silence pesant avait pris place quand il arriva et poussa la porte de la maison. Il venait de franchir celle-ci, quand soudain il fut saisi d'effroi par ce qu'il vit : au milieu de la pièce, Léonid était allongé sur le sol, inerte, alors qu'une volaille avec un pistolet « *tenait en respect* » Inkrustine et Choupiko. Puis, tout s'enchaîna rapidement, la volaille l'aperçut et lui ordonna de se mettre à côté d'eux, en prononçant quelques mots dont « *complicité* » et « *meurtres* ». En un éclair, Krunoka eut si peur qu'il fit volte-face, franchit la porte dans l'autre sens, et s'enfuit en courant.

Il eut juste le temps d'entendre du bruit dans la maison, mais il ne se retourna pas et courut aussi vite qu'il put. Même s'il manquait un peu d'entrainement, des années passées à fuir d'autres rats mal intentionnés réapparurent, et après avoir traversé la prairie qui mène à la forêt, il fut en un temps record de retour dans les bois. Haletant, le cœur battant, il lui restait encore un peu d'énergie pour escalader le tronc d'un arbre, se percher sur l'une des premières branches et se dissimuler dans le tout nouveau feuillage printanier. De là, tétanisé de peur, il se mit à guetter les alentours, et il resta longtemps comme ça, prostré sur sa branche, pendant qu'autour de lui les oiseaux s'étaient remis à chanter comme si de rien n'était. Quand il recouvrit ses esprits un peu plus tard, il se demanda que faire, s'il fallait retourner à la maison ou quitter définitivement les lieux… Mais, sans doute, mieux valait attendre, mieux valait « *s'autoriser un temps de réflexion* » comme disent les humains.

L'après-midi touchait à sa fin, et bientôt la nuit viendrait. De sa branche, Krunoka n'avait cessé de scruter les environs, des fois qu'il aurait été poursuivi par la volaille. Il ne comprenait rien à ce qu'il avait pu se passer dans la maison, si le pianiste avait été tué, et ce qu'il était advenu des deux autres. Puis il se souvint de ce que Léonid lui avait raconté, au sujet de « *méfaits* » qu'il avait commis, et d'un certain « *représentant de la loi* » qui le poursuivait… Krunoka fit rapidement le lien entre les faits des derniers jours, l'apparition derrière la fenêtre chez le père de Léonid, et cette volaille avec un pistolet… Oui c'était bien lui, le représentant de la loi en question, ce canard avec un chapeau et un pardessus vert. C'était d'ailleurs étonnant que cette espèce emplumée ne servant en principe qu'à alimenter les humains, puisse exercer un tel métier… Sans doute un accord passé avec eux qui lui avait évité de passer à la casserole, car Krunoka savait que les humains engraissaient à outrance les canards, essentiellement pour leur foie et le reste.

Puis il décida de passer la nuit ici, et se confectionna un genre de nid avec des brindilles et des feuilles, comme le font les oiseaux. « *La nuit porte conseil* » disent les humains qui ont du mal à prendre des décisions, et en repensant à cette citation, le rat songea que ces derniers pouvaient parfois faire preuve de bon sens. Il avait entendu cette phrase un soir où il fouillait dans une poubelle au coin d'une rue, il y a déjà quelques saisons, il avait alors assisté à une dispute entre un humain mâle et un humain femelle. Il avait interrompu ses recherches de nourriture pour ne pas se faire remarquer, et avait écouté la conversation.

Krunoka avait cru comprendre que l'humain femelle voulait ne plus jamais revoir l'humain mâle, alors que celui-ci disait : « *calme-toi chérie… La nuit porte conseil* », et qu'en guise de réponse, l'autre ne se calmait pas du tout et criait de plus en plus fort. Le visage de cette femelle était à moitié peint, ses cheveux avaient une couleur qui n'existe pas dans la nature, et elle sentait puissamment une odeur de vieilles fleurs macérées. Quand elle criait et bougeait les bras, on entendait des sons de clochettes, un peu comme les sons qu'émettent les colliers de ces animaux qui ont un épais pelage blanc, et qui se déplacent en troupeau. Le rat, qui avait l'oreille fine, avait été surpris par ces légers sons métalliques qui faisaient « *bling-bling* », et il avait appris plus tard que les humains aimaient beaucoup porter ce qu'ils nomment des « *bijoux* », sur les bras, la tête, etc… Quant à l'humain mâle, plus âgé, le crâne rasé et un trousseau de clefs à la main, il lui répétait inlassablement, mais en haussant de plus en plus le ton, de se calmer, et qu'il la raccompagnerait chez elle pour

« *prendre un dernier verre et discuter* », mais cela semblait encore plus énerver l'autre… Bref, les deux bipèdes parlaient très fort, et ils partirent ensuite chacune dans une direction opposée en continuant à vociférer. Est-ce-que la nuit leur porterait conseil finalement ? Krunoka ne le saurait sans doute jamais, mais il se demandait toujours pourquoi les humains étaient si agités. Tout en reprenant ses recherches dans la poubelle, il avait réfléchi à l'espèce humaine mâle et femelle.

Apparemment, ce n'était pas simple entre les deux genres, et il avait cru comprendre que beaucoup de femelles voulaient être comme les mâles, mais tout en restant des femelles… Qu'en fait c'était mieux d'être un mâle pour certaines choses, et que par conséquent la femelle voulait tout cela aussi, en plus de son statut de femelle. Et paraît-il certains mâles voulaient parfois devenir des femelles… Tout cela n'était pas très clair, et pour un rat, c'était toujours curieux de voir ces êtres qui avaient trop à manger, trop de tout, mais qui n'étaient jamais contents et qui voulaient toujours plus… Krunoka en déduit que c'était leur manière de vivre, de « *donner du sens* » à leurs existences, parce qu'en fait ils s'ennuyaient beaucoup ! Mais cela n'avait guère d'importance, et à présent, bien installé dans son nid et encore sous le coup de l'émotion, le rat ne comptait pas se torturer au sujet des humains. Ce soir il avait les paupières bien lourdes, et la nuit tombait.

La lune était à moitié pleine, les oiseaux peu à peu cessèrent leur concert, et le rat perché s'endormit.

VI

Un matin comme un autre se leva, une belle journée ensoleillée s'annonçait, et Krunoka se réveilla. La nuit avait-elle porté conseil ? La réponse fut oui, et il décida de ne pas retourner à la maison. Il venait de peser le « *pour et le contre* », et il y avait beaucoup de « *contre* » : d'abord le risque de se retrouver nez à nez avec la volaille, de finir sa vie en prison pour « *non-dénonciation et complicité de malfaiteur* », et ensuite de recevoir une trop forte dose d'émotions négatives en voyant Léonid mort, ou peut-être même ses deux autres amis dans un sale état.

Bien-sûr, il regretterait sa tranche de vie passée avec eux, et puis aussi sa guitare qu'il devait se résigner à abandonner là-bas, mais maintenant il se sentait dans l'obligation de fuir et de repartir à l'aventure, comme toujours, comme « *avant* ».

Il regarda son poitrail, et vit qu'il avait encore plus de poils blancs, chose qu'il avait déjà remarquée lors de son séjour dans la forêt… Bientôt, il serait donc un vieux rat, il se souvint aussi de la jolie chatte rousse et blanche, mais à quoi bon…De toute façon, ça y est, il avait oublié la mélopée. Alors, d'autres rencontres, d'autres choses arriveraient peut-être, qui sait ?

Il prit donc le parti de « *rester ouvert en toutes circonstances* », au hasard, à la vie, et il descendit de sa branche. La question cruciale qui se posait maintenant était : « *ville ou campagne* », rat des villes ou rat des champs ? Rester dans la campagne pour finir ses jours pouvait paraître agréable, mais il lui semblait qu'il faisait l'impasse sur quelque chose, alors, sans vraiment savoir ce qu'il voulait, il choisit de retourner en ville. Et dans son pays. Pour cela, il faudrait refaire tout le chemin en sens inverse, reprendre ensuite le bateau, mais il fallait bien « *tourner la page* » comme disent les humains…

Alors, en ce matin printanier, sans aucune hésitation, Krunoka s'élança dans la forêt. Il se sentait plein d'une énergie, faite à la fois d'un mélange d'anxiété en raison des événements de la veille, et d'excitation de repartir à l'aventure. Il avait toujours vécu comme cela, en prenant des risques, et ce n'était sans doute pas fini. Rapidement, il se remémora son parcours depuis la descente du bateau ; il fallait retraverser la forêt, retrouver la route où le camion l'avait laissé, et prendre la direction de la ville pour arriver au port. Heureusement, les conditions climatiques étaient bien meilleures qu'à l'aller, et même, l'été approchait car le soleil devenait de plus en plus chaud.

La nature était complétement épanouie remarqua le rat, le vert dominait dans la profonde forêt, le grand orchestre des oiseaux recommençait à se produire, et mille senteurs lui chatouillaient le museau. Il maintint un très bon rythme en trottinant, et aperçut successivement la maison où avait séjourné Léonid, et avec un petit pincement au cœur, la sienne, puis il arriva enfin sur la route qui le mènerait à la ville. Krunoka estimait avoir non seulement une bonne oreille, mais aussi une excellente mémoire visuelle qui lui permettait de s'orienter aisément, et il commença donc à remonter la route, en espérant trouver une place dans une machine roulante.

A vrai dire, ça ne roulait pas tellement pour l'instant, on était déjà au milieu de la matinée et les humains ne se manifestaient pas beaucoup. Toujours en trottinant, le rat parcourut pas mal de distance, et songea en avançant que son séjour ici n'avait jamais été troublé par un humain, mais finalement par un canard... Il avait passé dans cette région une fin d'automne, un hiver, un printemps, et tout s'était bien passé jusqu'à la venue de ce maudit volatile ! A l'avenir, il faudrait donc aussi se méfier de cette espèce, ce qui en rajoutait à la liste déjà longue de prédateurs et autres individus dangereux.

Il en était là dans ses pensées, quand des bruits relativement lointains, ronflants et pétaradants, parvinrent à ses oreilles. Krunoka sauta sur le bas-côté de la route, se cacha derrière une herbacée et attendit. Au bout de quelques minutes, ce qu'il vit apparaître lui était jusqu'à présent inconnu, car ce n'était pas des machines roulantes habituelles...

Celles-ci n'avaient pas quatre roues mais deux, et surtout, l'une d'entre elles, trois. Ce qui ne les empêchait pas de faire un bruit effroyable, dans des sonorités plutôt graves qui faisaient mal aux oreilles.

Sur ces engins, il y avait des humains avec un genre de coquille qui recouvrait partiellement leurs têtes, et on pouvait apercevoir le visage en partie poilu des pilotes. Leurs yeux étaient dissimulés derrière des grosses lunettes noires, et leurs habits, noirs également, étaient couverts d'inscriptions bariolées. Par contre, ce qu'ils avaient en commun avec les machines roulantes à quatre roues, c'était de diffuser à bord de leurs engins un « *boum-boum-boum* » plus ou moins musical.

Quand ils se rapprochèrent davantage, le rat put voir plus précisément qu'il y avait une machine roulante à deux roues, et une machine à trois roues semblable à celle à deux roues, mais avec un genre de chariot accroché à son côté droit.

Il y avait donc en tout quatre humains, deux perchés sur une machine, et les deux autres répartis, un sur l'autre machine, et un dans le chariot. Les deux humains qui pilotaient les machines étaient apparemment de type mâle, et les deux autres de type femelle. Ils semblaient tous de grande taille et plutôt épais, et étaient bien sanglés dans leurs vêtements. Peu rassuré, Krunoka les regarda passer devant lui sur la route, et alors qu'il pensait qu'on ne pouvait pas monter et se cacher dans ce genre d'engin, ils s'arrêtèrent un peu plus loin.

Ils prirent place dans une « *aire de repos* » aménagée au bord de la route, c'est-à-dire un espace où étaient disposés des tables et des bancs en bois, et où les machines roulantes et leurs chauffeurs pouvaient s'arrêter, se reposer, manger et faire leurs besoins. Ils stoppèrent le moteur de leurs machines, et mirent pied à terre en beuglant joyeusement, pas très loin de l'endroit où se cachait le rat

Quand tous enlevèrent la coquille qu'ils avaient sur la tête, Krunoka put observer qu'il y avait bel et bien deux humains mâles et deux humains femelles, sans doute des couples qui « *prenaient du bon temps* », en se promenant aux beaux jours sur leurs rutilantes machines.

Ils s'installèrent sur les bancs, et posèrent sur une table une quantité de choses, qu'ils extirpèrent des sacoches situées à l'arrière de leurs machines.

Cela n'échappa pas au rat, et il se dit qu'il pourrait peut-être trouver une petite place dans ces mêmes sacoches. Les humains déballèrent ensuite de la nourriture et plein de petites bouteilles, et ils se mirent à boire et à manger. Sur l'une des machines à deux roues, on pouvait encore entendre un « *boum-boum-boum* » d'un humain qui hurlait sur des sons de guitare déformée, mais les quatre humains semblaient très contents d'être là, car ils mangèrent énormément et avalèrent beaucoup de liquide jaune et bulleux que contenaient les bouteilles qu'ils débouchaient au fur et à mesure.

Ensuite, un humain femelle se leva et se mit à gesticuler, à danser plus ou moins. Krunoka vit que celle-ci avait une longue chevelure couleur jaune paille, et qu'elle bougeait assez gracieusement. L'autre femelle la rejoignit et se mit danser avec elle, une bouteille à la main. Celle-ci était solidement charpentée et avait une chevelure de la couleur des cousins des bois, les écureuils, mais en moins naturelle.

Pendant ce temps, les deux humains mâles engloutissaient d'autres bouteilles, puis ils se mirent à fumer. L'un des deux roula un genre de grosse cigarette conique, la fuma un peu, et la passa à son voisin.

Krunoka pensa à Choupiko qui fumait souvent, mais pas le même genre de cigarette, et de là où il était planqué, il huma une odeur de fumée aux senteurs d'un feu de bois vert.

Ensuite, les humains mâles se mirent à chanter par-dessus le « *boum-boum-boum* » que diffusaient des hauts parleurs sur l'une des machines à deux roues, tandis que les femelles se déhanchaient de plus en plus. Puis, celle aux cheveux jaunes décida de se débarrasser de ses vêtements, il est vrai qu'il ne faisait pas froid, et elle enleva une à une les multiples couches de ses habits, laissant apparaître un corps recouvert de dessins. Le spectacle atteignit son paroxysme quand elle eut tout ôté, et jeté son dernier morceau de tissu au visage de l'un des mâles. Tous hurlaient et riaient, puis d'un coup les mâles se levèrent et rejoignirent les femelles, et ils s'en allèrent avec elles un peu plus loin dans les bois.

C'était le bon moment pensa Krunoka, il courut vers les machines roulantes et sauta dans l'une des sacoches à présent vide. Celle-ci était suffisamment grande, et il se cala sur des vieux chiffons qui sentaient la graisse, en gardant un peu le museau dehors pour voir ce qu'il se passait.

De loin lui parvenaient des rires, suivis de cris d'extase, et quelques minutes après les quatre humains revinrent. En sortant du bois, ils se rhabillaient au fur et à mesure et affichaient des mines épanouies, tout en parlant dans une langue à consonance gutturale. En les voyant arriver, le rat replongea dans sa sacoche, tandis que les humains remettaient les coquilles sur leurs têtes et enfourchaient leurs machines. L'une des femelles monta dans le chariot, puis on s'en alla dans un bruit ronflant, évidemment toujours rythmé par le « *boum-boum-boum* ».

Krunoka soupira, il préférait nettement le voyage de l'aller dans le camion en compagnie de légumes, mais au moins cela lui éviterait de faire la route à pied.

Et le temps passa, le rat ne risquait pas de s'endormir avec ce vacarme, d'autant plus que la sacoche dans laquelle il était se trouvait juste au-dessus du tuyau métallique raccordé au moteur. Le bruit que faisait ce tuyau était assez doux quand la machine ralentissait, et d'autre fois beaucoup plus bruyant, au cours d'une accélération par exemple, mais dans les deux cas cela produisait continuellement une forte chaleur.

Et Krunoka pensa, non sans humour, qu'il finirait sourd-étouffé-grillé si ça continuait ! Il projeta donc de s'échapper le plus tôt possible. Le rabat de la sacoche n'étant toujours pas fermé, il remit le bout du museau dehors, enfin un peu d'air frais... Et il aperçut l'extérieur : on était maintenant en zone urbaine, sur une large voie où passaient beaucoup d'autres véhicules. Il ne pourrait pas sauter dans ces conditions, il fallait donc attendre un arrêt, proche du bas-côté de préférence. Ses pattes bien accrochées sur le bord de la sacoche, il était donc prêt à s'éjecter au moment opportun.

On roulait dans la périphérie d'une ville, mais le rat se demanda si c'était bien celle où il avait débarqué, parceque pour l'instant c'était difficile, en raison des émanations du tuyau en dessous de lui, d'humer une quelconque odeur iodée typique du bord de mer. Il tourna un peu la tête, et aperçut une lumière rouge sur un poteau métallique, à une centaine de mètres environ. Lui, l'ancien rat des villes, connaissait bien cela, cette signalisation qui indique aux machines roulantes de s'arrêter un certain temps à un croisement, pour en laisser passer d'autres.

A l'instant propice, il faudrait s'éjecter et rejoindre le bas-côté de la route, mais c'était risqué car il ne serait pas forcément proche du bord de la chaussée. Il faudrait donc, pour le rejoindre, passer le plus rapidement possible sous les autres véhicules avant qu'ils ne redémarrent… L'engin se mit à ralentir, c'était le signe que l'on amorcerait bientôt l'arrêt provisoire, mais on était sur la file de gauche et il faudrait traverser vers la droite. Quelques minutes plus tard, toutes les autres machines stoppèrent progressivement, Krunoka n'attendit pas l'arrêt total de son véhicule, et il sauta. Souplement, il se faufila sous les véhicules, personne ne le vit car son pelage se confondait avec la couleur du macadam, et il atteignit le bas-côté, assez herbu. C'était parfait, et il finirait le trajet en marchant pour rejoindre le port…

Il respirait enfin, ces odeurs de pot d'échappement, de graisse, et ce bruit permanent s'éloignaient désormais. Faisant confiance à son odorat, il se mit donc en marche vers ce qu'il estimait être la direction de la mer et du port. Et il ne se trompa pas, il y parvint sans encombre un peu plus tard. Les lieux n'avaient pas changé, il reconnut la bâtisse où il avait entendu les humains musiciens un an auparavant, et il s'approcha de la zone d'embarquement des véhicules. Mais à cette heure-ci, un seul bateau était amarré et sa grande porte arrière était fermée. Il décida donc de retourner se cacher à l'intérieur de la bâtisse et d'attendre.

Krunoka entra dans celle-ci, en constatant que rien n'avait changé depuis la dernière fois. Il y avait toujours des véhicules immobilisés, mais pas d'humains chantant et buvant. Il faudra être patient songea-t-il, et espérer qu'il y ait des départs bientôt. Puis il se mit en quête de manger un peu, et en arpentant les nombreux recoins de la bâtisse, le rat trouva de quoi se sustenter, un vieux « *sandwich* » à moitié consommé fit son affaire. Une fois le ventre plein, et avant d'entamer une petite sieste, il se sentit assez seul et comme un peu nu, sans baluchon, sans guitare…

Et il repensa à son séjour dans cette région depuis son arrivée. Avec un brin de mélancolie, il se remémora tout ce qu'il avait vécu, sa vie solitaire dans la forêt, ses rencontres, et il se demanda ce qu'il s'était réellement passé dans la maison du hameau avec ses trois compagnons…

Peut-être ne le saurait-il jamais, il avait dû fuir si vite pour se protéger, et maintenant il s'apprêtait à retourner dans son pays, à retrouver peut-être son existence d'avant, mais il décida de ne pas s'attrister et s'endormit.

Il n'attendit pas longtemps, car le jour même il y eut un départ. Il fut tiré de son sommeil dans l'après-midi par des bruits de moteurs et de voix humaines. Il se leva et sortit pour voir ce qu'il se passait. Plusieurs files de machines roulantes attendaient derrière l'unique bateau présent, et comme toujours, il y avait des humains vêtus de couleurs fluorescentes qui criaient et agitaient les bras. Le rat connaissait la manœuvre, il s'approcha des véhicules et se faufila jusqu'à l'accès à la grande passerelle d'embarquement.

Personne ne le vit, et il monta dans le bateau. Celui-ci était un peu plus petit que celui du voyage aller, et il galopa dans le parking pour trouver une cachette. Pendant un bon moment, il assista encore à un véritable ballet de machines roulantes, puis la grande porte arrière se referma, les humains descendirent des véhicules, et se dirigèrent vers des escaliers de sortie. Krunoka se retrouva seul, et pendant un instant il se demanda pourquoi il ne croisait jamais d'autres rats dans les cales de bateaux. Pourtant, du pays d'où il venait, il savait que beaucoup de ses congénères vivaient à proximité des ports, et montaient souvent dans les navires, ne serait-ce que pour « *visiter* » leurs cargaisons, mais ici, dans ces pays du nord, les rats devaient avoir un autre comportement, en conclut-il…

Plusieurs jours et plusieurs nuits passèrent, il ne savait pas exactement combien, car comme à l'aller, on perdait complètement la notion du temps en vivant dans la cale. Il ne fit pas non plus d'expédition aux étages supérieurs pour trouver de la nourriture, il y en avait suffisamment dans les escaliers de service, où certaines poubelles n'avaient pas été vidées. Et puis un jour, les humains redescendirent prendre leurs véhicules, le ballet recommença, et la grande porte arrière du bateau s'ouvrit à nouveau.

C'était un matin tôt, et on devait arriver dans les régions du sud car la température était plus chaude. Embarquer et débarquer étant presque devenu une routine pour Krunoka, il courut sur la grosse passerelle entre et dessous les machines roulantes, et s'éloigna aussi vite qu'il le put de la file des véhicules, puis du bateau. Par contre, il n'était pas sûr d'être dans la ville qu'il connaissait déjà, le port semblait bien plus grand et le trafic aussi. Il y avait là d'énormes navires amarrés, avec des humains habillés en uniforme qui se promenaient sur les quais, et beaucoup de camions qui montaient et descendaient.

Mais ce n'était guère important pour lui, un port est un port, une ville est une ville, et il se hâta de déguerpir et de se diriger vers le centre-ville. La véritable course qu'il fit en zigzaguant entre toutes ces machines, augmenta son rythme cardiaque, et il s'arrêta un instant dans une ruelle proche du port pour récupérer. De grands oiseaux blancs et gris arpentaient les ruelles de ce quartier, en quête de nourriture, et c'étaient les mêmes que ceux qu'avait connus Krunoka dans sa jeunesse. Il en déduit que c'était sans doute la même mer, et le même genre de ville. Effectivement, il avait débarqué dans une ville proche de celle où il avait vu le jour, et ces oiseaux de mer étaient donc les mêmes.

Ils faisaient d'ailleurs de la concurrence aux rats dans leur recherche permanente de nourriture, et pouvaient se montrer fort agressifs envers eux, comme avec les autres oiseaux. Leurs becs jaunes crochus étaient redoutables, et le rat se souvint d'avoir vu l'un d'eux agresser un jour un oiseau des villes, gris et rond, jusqu'à le tuer à coups de bec… Aussi Krunoka longea-t-il les ruelles avec beaucoup de méfiance.

Pas très loin du port, il vit un gros bâtiment où était inscrit en hauteur sur la façade « *opéra municipal* », il s'en approcha et vit sur le côté de celui-ci des humains qui rentraient et sortaient, en portant des caisses et des cartons. Il connaissait ce mot, « *opéra* », et savait que c'était un lieu où se produisaient chanteurs et musiciens, le tout dans de merveilleux décors. Le rat voulut en savoir plus, et il réussit à s'introduire à l'intérieur, là où les humains entreposaient leurs caisses. Comme toujours, personne ne le vit passer, et il se demanda au passage s'il n'était soit pas assez gros, soit carrément transparent ou invisible… C'était à croire aussi qu'il était un peu comme un « *fantôme* ». A cette évocation, il eut le souvenir de la fameuse discussion avec ses amis au sujet des apparitions, et il ne savait pas encore bien pourquoi, mais ce concept du fantôme l'intriguait et l'amusait en même temps.

Mais ce n'était guère le moment de réfléchir, il valait mieux chercher rapidement une planque. Krunoka dévala un escalier que les humains empruntaient pour descendre déposer leurs charges, et il arriva au sous-sol du bâtiment. C'était un endroit spacieux et sombre, où s'entassaient toutes sortes de choses, il y avait là des décors peints sur des grands panneaux en bois, où l'on apercevait par exemple une prairie ou un lampadaire, et il y avait aussi une penderie pleine de costumes et de perruques, ainsi que des tas d'objets plus ou moins insolites. Dans un coin, il y avait un genre de piano à plusieurs claviers qui était recouvert de poussière. Tout cela était très intéressant, et le rat se dit que c'était un bon endroit pour y élire domicile. Bien-sûr il faudrait trouver à manger, et sûrement parcourir le reste du bâtiment, car là où il était, son museau ne repéra aucune odeur de nourriture. Il se cacha derrière l'espèce de piano, et attendit que les humains aient fini leur travail.

Ils étaient deux, un grand maigre et un petit gros, et ils étaient autant occupés à parler qu'à trimballer leurs caisses. C'était entre eux un flot ininterrompu de paroles, ponctué de rires et d'exclamations, sans doute des « *bons-vivants* », comme les appellent leurs semblables. Les bons-vivants, donc, déposèrent encore des caisses, remontèrent une dernière fois l'escalier en bavardant, et dans leurs voix qui s'éloignaient, Krunoka entendit des mots comme « *apéritif, pastis, pétanque* ».

Puis il se retrouva seul dans le sous-sol qu'il se mit à arpenter de long en large, et estima qu'on devait se trouver dans un très vieux bâtiment. Il se dirigea ensuite vers la penderie, et regarda avec intérêt tout ce qui y était suspendu. C'était fabuleux, tous ces styles de vêtements aux couleurs variées, toutes ces perruques… Ainsi les humains appréciaient de se donner en spectacle ! Le rat y découvrit un pardessus noir et le décrocha, bien-sûr c'était encore un peu grand pour lui, mais avec un peu de retouche il l'adapterait à sa taille. Puis il s'intéressa à ce qui ressemblait au piano, et l'observa avec intérêt. Cet instrument l'attirait beaucoup, et il se dit que cela pourrait remplacer désormais sa pauvre guitare abandonnée à des lieues d'ici.

C'était la fin de la matinée, les humains étaient donc partis boire leur apéritif et peut-être plus, et le rat pensa qu'il fallait que lui aussi se remplisse l'estomac. A cette heure-ci, il n'y avait personne dans l'opéra, c'était donc le bon moment pour visiter les étages supérieurs, et éventuellement dénicher de quoi manger. Il gravit l'escalier qui l'avait amené au sous-sol, puis un autre, et arriva à la « *salle de concert* ».

Là, il resta ébahi pendant quelques minutes, cet endroit l'inspirait et il ne savait pas encore pourquoi, il y avait dans ce lieu un genre de magie, comme une présence, quelque chose qu'il n'arrivait pas à déchiffrer… Mais pour l'instant il fallait revenir à la réalité de son ventre vide, et il trottina un peu partout, avant de s'intéresser à des restes de biscuits sous l'un des fauteuils de la salle. L'humain qui avait posé son arrière-train ici, devait grignoter en écoutant la musique car il en avait laissé la moitié sous son siège. Cela fit son affaire, et Krunoka croqua tout cela avec plaisir, parce qu'il n'avait pas mangé depuis son séjour dans la cale du bateau. Tout en mâchant ces biscuits au goût à la fois salé et sucré, il contemplait au loin la scène, la « *fosse* » devant où prennent place les musiciens, les grands rideaux rouges au fond, et cet énorme lustre accroché au plafond. Jamais il n'avait habité dans un tel endroit, et il estima qu'il se sentirait merveilleusement bien ici, à condition que personne ne vienne le déranger. Il était également impatient d'assister à son premier spectacle, et d'écouter de la musique. Jadis, il avait aperçu des concerts, mais jamais dans un opéra, et il se souvenait juste que le son était tellement fort que ses tympans en avaient souffert. Peut-être que ces musiques hyper bruyantes ne correspondaient pas à ce qu'il attendait, en tout cas il verrait bien ce qu'il se passerait ici, quels concerts ou quels spectacles il pourrait voir et apprécier. Il finit son repas, puis redescendit au sous-sol, car il voulait à présent essayer l'instrument qui ressemblait à un piano.

A peine arrivé, il grimpa sur le petit banc en face du clavier, des claviers car il y en avait deux, et il les épousseta un peu pour enlever l'épaisse couche de poussière qui les recouvrait. Il remarqua que ces claviers étaient plus petits que ceux des pianos, ce qui était bien pour lui en raison de la taille de ses doigts, et il vit aussi qu'il y avait une multitude de tirettes et de manettes au-dessus du clavier du haut. Il y avait également un interrupteur, et au-dessous, une plaque en cuivre où était écrit « *orgue Duvieuschnok* ». Cela devait être le nom de l'instrument pensa le rat, et il ne put résister à tourner l'interrupteur, tripoter les manettes en appuyant au hasard sur les touches. Il y eut un bruit sourd qui ressemblait à quelqu'un qui éternue ou qui souffle dans un tube, et Krunoka eut un mouvement de recul. « *Etrange...* » se dit-il, puis il parcourut les touches du clavier une à une, en intervertissant les manettes, afin d'entendre les différents sons que toutes ces combinaisons pouvaient produire. C'était incroyable tout ce que pouvait faire cet instrument ! Puis le rat s'aperçut qu'en dessous de lui, il y avait comme un gros clavier en bois, un pédalier, mais qu'il ne pouvait pas l'atteindre avec ses pattes en restant assis... Donc il se leva pour poser ses pieds dessus, et cela émit un bruit encore plus phénoménal, presque assourdissant ! Il en eut presque peur, se rassit aussitôt sur le banc, et resta un instant sidéré de tout ce que cette espèce de piano arrivait à produire comme sons, mais surtout simultanément...

Cela changeait énormément de sa guitare bricolée, mais c'était beaucoup moins discret. Heureusement, il y avait aussi à côté de l'interrupteur un bouton pour régler le volume du son, et puis les murs de ce bâtiment étaient si épais que le rat pourrait s'exercer sans attirer l'attention. Ainsi cet instrument s'appelait « *orgue Duvieuschnok* », ce qui était un peu long pour un nom, et Krunoka décida de l'appeler juste « *schnok* ». Et après tout, puisqu'on disait « *guitariste* » ou « *pianiste* », on pouvait donc dire « *schnokiste* »... Voilà, désormais il allait devenir schnokiste, n'ayant plus de guitare sous la main, et il se doutait bien qu'il faudrait beaucoup pratiquer cet instrument, qui ne semblait vraiment pas facile à maîtriser... Cela tombait bien, c'était le début de l'été et il aurait du temps devant lui. Mais en attendant, la priorité était d'aménager son lieu de vie, puis de ressortir ensuite faire des provisions, et à cette occasion visiter les environs. Il se mit donc à faire le ménage, à pousser les cartons et autres caisses que les humains avaient négligemment posés ici et là, car cet endroit avait beaucoup de charme, et un rien suffirait à le rendre vivable. Un tel exercice lui demanda beaucoup d'énergie, mais le résultat fut satisfaisant : le schnok fut dépoussiéré, les cartons poussés dans les coins, et l'endroit devint ainsi habitable. Content de lui et de son nouveau logis, il remonta l'escalier et ressortit dans les ruelles avoisinantes en quête de nourriture.

Il faisait chaud en cet après-midi estival, les humains traînaient moins dans les rues après l'heure du repas, et il était donc plus facile de vadrouiller pour récupérer des choses dans les poubelles. L'opéra étant proche du port, situé en plein « *cœur de ville* », le rat vit qu'il y avait de nombreux restaurants dans le quartier. L'endroit était très favorable à la consommation alimentaire pour les humains, donc à la récupération de nombreux déchets, et c'est en trottinant que Krunoka prit la température de son nouvel environnement. Encore une autre vie commençait, une vie que le rat espérait pleine de promesses, de musique et de choses passionnantes !

Et, en effet, il n'allait pas être déçu…

VII

Il trouva de quoi se nourrir aisément, les poubelles des restaurants regorgeaient de plats à moitié finis, de morceaux de pain, de têtes de poisson, de sucreries diverses… C'était une bonne heure pour faire son marché, car après le repas de midi, les restaurateurs jetaient tous les mets non consommés, et les employés de la ville chargés de ramasser les poubelles ne passaient que le soir. Krunoka revint donc un peu plus tard à l'opéra avec plein de bonnes choses dans les bras, redescendit dans son sous-sol, les déposa dans un recoin à l'ombre, et l'esprit serein, reprit son exploration du schnok.

Plusieurs jours passèrent ainsi, rythmés par l'étude de l'instrument, ponctués de sorties pour « *prendre l'air* » et faire des provisions. A présent, la chaleur s'était vraiment installée, et dans le quartier autour de l'opéra, les fenêtres des habitations restaient ouvertes jour et nuit. On entendait aux heures des repas, des bruits de vaisselle, des humains qui parlaient fort, chantaient, riaient ou se disputaient, et on pouvait humer d'agréables odeurs de préparations culinaires. Mais dans le bâtiment même de l'opéra, il ne se passait strictement rien depuis un bon moment, et les humains bons-vivants qui déchargeaient des caisses n'étaient pas revenus depuis l'arrivée de Krunoka.

Puis, un jour, on devait être vers le milieu de l'été, le rat entendit du remue-ménage à l'étage au-dessus. C'était en fin d'après-midi, alors qu'il venait de finir sa sieste et qu'il s'apprêtait à sortir faire des provisions, quand il entendit des voix humaines, des bruits sourds, et comme quelque chose qui roulait... Le rat grimpa l'escalier et voulut s'informer tout de suite de ce qu'il se passait là-haut. Une fois dans la salle de concert, il se cacha derrière un fauteuil et vit sur la scène un humain femelle qui donnait des ordres à deux humains mâles. Ceux-ci poussaient-tiraient ce qui ressemblait à un grand piano recouvert d'une housse et monté sur des roulettes.

Visiblement, ce n'était pas évident, car l'humain femelle ne semblait pas content et invectivait les deux autres sans arrêt. Il vit aussi qu'il y avait une grande porte située derrière la scène, qui permettait, depuis la rue, de rentrer par l'arrière du bâtiment. Celle-ci était grande ouverte, et on pouvait apercevoir le ventre vide d'un camion d'où provenait le chargement. Le piano était à présent sur la scène, mais l'humain femelle continuait à s'agiter, sans doute cherchait-elle la place idéale pour l'instrument.

Cette femelle était très dodue, transpirait beaucoup alors qu'elle ne faisait rien, et avait un drôle de visage, car sous ses cheveux couleur cuivrée et coupés mi-longs, apparaissait un visage qui rappelait un peu celui d'un cochon. Certes, il faisait chaud, et elle paraissait énervée par le manque de compétence des déménageurs de piano, mais son visage était plus rosé que rougi par la chaleur comme c'est habituellement le cas. Son nez, court et relevé, mettait en valeur ses petits yeux, sombres et globuleux qui suivaient avec une attention extrême les deux autres humains, et sa bouche, fine et étirée sur les côtés, continuait de s'ouvrir et de se refermer de manière quasiment mécanique, quand il n'en sortait pas des invectives à l'adresse des déménageurs.

Dans sa jeunesse, dans le cadre de « *sorties scolaires* », Krunoka et ses camarades avaient visité un élevage de cochons, et le professeur avait expliqué toutes sortes de choses, que tout était bon à manger dans cet animal, que certains humains appréciaient de les assassiner en leur ouvrant la gorge, etc…

Alors, de retour chez lui, le jeune rat qui aimait dessiner, s'était empressé de croquer ces animaux amusants, de par leur physique et leurs grognements. Ainsi, ce souvenir lui revint immédiatement en observant l'humain femelle, que ses congénères devaient sans aucun doute appeler une « *maîtresse femme* », et qui, en ce moment, après avoir encore haussé le ton, lançait insulte sur insulte aux deux déménageurs qui regagnaient leur camion. Une fois ceux-ci repartis, la femelle émit des grognements en fermant la porte derrière la scène, puis revint vers le piano et retira sa housse.

C'était un grand piano, de couleur noire, et qui luisait. Elle alla ensuite chercher sur le côté de la scène un tabouret qu'elle plaça bien en face du clavier, et s'y assit.

Elle prit un morceau de papier qui dépassait depuis un bon moment de la poche arrière de son pantalon, une « *partition* » sans doute, le posa bien en face d'elle au-dessus du clavier, et se mit à jouer. Krunoka, dès les premières notes, fut charmé par le son du piano, cet humain semblait bien maîtriser l'instrument, mais elle ne joua pas longtemps.

Tout à coup, elle s'arrêta brusquement en émettant un autre grognement, remit le papier dans sa poche, se leva, puis recouvrit le piano de sa housse et partit. Elle devait bien connaître les lieux, car elle se dirigea directement vers la porte d'entrée principale, et sortit. Le rat entendit ensuite un cliquetis, cet humain devait avoir les clefs de l'opéra pensa-t-il. Resté seul et toujours sous son fauteuil dans la salle de concert, Krunoka n'eut pas spécialement envie de s'approcher du noble instrument sur la scène, il avait désormais le sien au sous-sol, et en plus c'était le moment d'aller faire des provisions. Il sortit à son tour, par sa porte à lui, car il y avait un nombre incalculable de portes dans ce bâtiment, chemina le long des rues environnantes, et en passant devant une terrasse de l'un des restaurants du quartier, revit la pianiste assise là en compagnie d'une autre femelle plus âgée.

Toutes deux buvaient du « *Coca-Cola* » et mangeait des « *Chips* » en discutant. Krunoka entendit de loin des bribes de leur conversation comme « *partitions, auditions...* », et il en déduit que les deux femelles parlaient de musique. Puis, et c'était beaucoup plus important, il s'enquit de trouver les denrées qui lui procureraient un bon repas ce soir, et dénicha rapidement de quoi se sustenter dans les poubelles d'un restaurant voisin.

Le lendemain, le rat venait à peine d'émerger d'un petit somme, lorsqu'il entendit à nouveau quelqu'un marcher à l'étage au-dessus. Le pas était lourd et rapide, et quelques minutes après il entendait le piano résonner. Une fois de plus, il monta pour s'informer, et vit la pianiste en train de jouer. Mais là elle était seule, et pianota beaucoup plus longtemps. Krunoka se tenait assez loin et resta un moment à l'écouter, mais il lui semblait qu'elle jouait un peu « *comme un robot* », d'une manière froide et automatique… Puis, elle s'arrêta, referma le couvercle du piano, et repartit. Le rat se demanda si ça serait tous les jours comme ça, s'il fallait se méfier de cet humain femelle qui pourrait finir par l'apercevoir et lui vouloir du mal. Mais les jours suivants, personne ne vint.

On devait maintenant approcher de la fin de l'été car la nuit tombait plus tôt, l'air était un peu moins chaud, et faire des promenades devenait plus agréable. Le rat en profita ainsi pour pousser un peu plus loin ses explorations de la ville, il gravit même une colline où se trouvait un important édifice au sommet, et il put admirer le paysage, la mer que l'on voyait danser au loin…

Il nota cependant qu'une certaine frénésie s'emparait des humains, et que la circulation devenait plus importante dans les rues. Il fallait toujours faire attention à ne pas se faire écraser, même si les humains d'ici étaient paraît-il habitués aux rats qui vadrouillaient un peu partout, de jour comme de nuit.

A ce sujet, Krunoka se rendit compte qu'il ne s'était pas encore fait d'amis parmi ses semblables, car il menait une existence très solitaire, et ne rencontrait jamais personne. La pratique du schnok lui prenait beaucoup de temps, et il en avait donc moins pour chercher à rencontrer d'autres rats. Il avait d'ailleurs bien progressé sur cet instrument, car il arrivait à présent à en tirer des sons harmonieux, et en avait ainsi oublié sa première vie de guitariste... Désormais il se sentait davantage schnokiste, et qui plus est, habitant à l'opéra !

Quelques jours plus tard, alors qu'il était occupé à jouer, de nombreux pas résonnèrent au-dessus de lui, accompagnés de voix humaines. Le rat ne fut pas tellement surpris, il savait que la « *saison lyrique* » devait bientôt reprendre, car il avait aperçu des affiches dans la rue avec la programmation des spectacles.

Ainsi, on y était : il pourrait enfin voir et écouter de belles choses, du moins l'espérait-il. Il s'arrêta donc de jouer et tendit l'oreille. C'est le piano en premier qui résonna, tonna même devrait-on dire, car le son était encore plus puissant que la dernière fois. Cet immense piano noir avait des grandes capacités sonores, pensa le rat. Et soudain, une voix toute aussi puissante résonna à son tour, puis ce fut un tourbillon de musique, la voix d'un humain mâle qui était soutenue par ce piano qui s'intercalait partout, qui pouvait passer d'une grande douceur à une violence inouïe... Krunoka en fut littéralement « *scotché* » comme disent les humains.

Puis, le duo stoppa net, quelques minutes passèrent, on entendit parler d'autres voix, et ça repartit. Et c'était maintenant la voix d'un humain femelle qu'il entendait, toujours accompagnée par le piano, et c'était encore un tourbillon, tout aussi fantastique, avec cette voix plus claire, plus aérienne... Puis, ce duo s'arrêta, et un autre duo recommença et ainsi de suite. Le rat put remarquer qu'il y avait une alternance entre les duos de voix mâles et de voix femelles, et chaque fois entrecoupée de discussions. Il n'osa pas monter voir ce qu'il se passait, il préférait écouter tranquillement de là où il était, assis sur son banc devant le schnok. Cela devait être un entrainement mais en tout cas c'était surprenant ; jamais il n'avait entendu de telles choses !

Et cela dura encore un bon moment, puis les duos s'arrêtèrent, et firent place à des voix parlées, il semblait que l'on débattait de quelque chose là-haut... Le rat ne s'était pas trompé, en effet il avait assisté sans le savoir à des auditions de chanteurs et de chanteuses pour les représentations à venir, et les humains qui discutaient là-haut devaient sans doute faire des choix. Pour le rat, c'était difficile d'avoir des préférences pour telle ou telle voix, c'était déjà tellement fabuleux d'avoir entendu tout ça. Cependant, il y avait une voix d'un humain femelle qui l'avait un peu plus touché que les autres, une voix qui semblait plus fragile, avec un léger accent identique à celui des buveurs de « *petite eau* », mais peut-être n'était-ce qu'une impression... A ce sujet, il se dit qu'il boirait bien de la petite eau, mais pouvait-on en trouver ici, dans ces régions du sud ? Justement, c'était bientôt le moment de sortir pour les provisions, et donc peut-être l'occasion d'en dénicher. Il monta son escalier, fit un petit détour pour aller voir la salle de concert, et il vit en passant une dizaine d'humains qui discutaient près de la grande scène où trônait le piano. Il y avait aussi parmi eux la femelle au visage de cochon, peut-être était-ce elle qui avait accompagné au piano les différents chanteurs, et Krunoka, après avoir entendu de tels accompagnements, pensa qu'elle était quand même capable de ressentir la musique, contrairement à la première fois où il l'avait entendue.

En sortant, il ressentit une certaine effervescence dans les rues où beaucoup d'humains et beaucoup de véhicules à deux ou quatre roues circulaient en tous sens. On pouvait souvent voir certains conducteurs de machines à quatre roues qui passaient subitement leurs têtes par la fenêtre, et qui se mettaient à crier ou à insulter les autres usagers. Bon, il ne fallait plus s'étonner de rien, le rat avait suffisamment vécu et connaissait l'espèce humaine… Pour l'instant, il préféra raser les murs et emprunter les ruelles les moins fréquentées, quand, passant devant une épicerie, il voulut savoir si on pouvait y trouver le fameux breuvage. A l'entrée de la boutique, assis à côté d'une boite à musique qui diffusait du « *boum-boum-boum »,* il y avait un humain jeune, vaguement endormi, et qui ne le vit pas entrer.

Le rat se dirigea vers le rayon des boissons, et trouva tout de suite ce type de bouteille, de petite taille, de forme rectangulaire et remplie d'un liquide transparent.

Il en prit une et ressortit tranquillement comme il était venu, pendant que l'humain de service somnolait toujours. Un peu plus loin, une poubelle semblait lui « *tendre les bras* », comme disent les humains, c'est-à-dire qu'elle était tellement pleine qu'elle en dégoulinait sur le trottoir… Il trouva là des ailes de poulet et des barquettes de frites à moitié entamées, et il retourna à l'opéra.

Quand il y arriva, les humains n'y étaient plus, et il descendit directement au sous-sol avec ses provisions. Ah, la « *petite eau* ! », un brin de nostalgie l'envahit quand le rat ouvrit la bouteille, et il se souvint de son séjour au hameau, de ses amis, des soirées et des discussions… Que devenaient-ils ? Il se jura de retourner les voir un jour, puisqu'il connaissait le chemin.

En attendant, ce soir, l'air avait fraîchi, le bâtiment de l'opéra était silencieux, et tout en mangeant du poulet et des frites, Krunoka vida, malgré lui, la bouteille de petite eau. Il se dirigea ensuite cahin-caha vers le schnok et se mit à improviser, tandis que dans son cerveau embrumé par la boisson défilaient des visages, des airs de guitare, mais aussi la forêt, la pluie, la neige… Cela dura un bon moment, et il finit par s'endormir, les mains sur le clavier.

Ce n'est qu'au petit matin en ouvrant un œil, que Krunoka s'aperçut qu'il avait dormi sur le schnok. La tête un peu lourde, il fit le choix de s'aérer et d'aller voir la mer, le parfum iodé de l'air du large lui ferait le plus grand bien. A cette heure-ci, on pouvait espérer être tranquille pour vadrouiller dans les rues, et le rat quitta le toujours silencieux bâtiment de l'opéra.

La balade fut agréable, le soleil se levait à son tour, une légère brise lui chatouillait le museau au fur et à mesure qu'il approchait de la mer, et une fois arrivé, il n'hésita pas à s'offrir une petite baignade. Ce fut un merveilleux rafraîchissement, et Krunoka se sentit comme régénéré. Au bout d'un petit moment, alors qu'il était en train de regagner la rive, il aperçut un humain qui arrivait à son tour sur la plage, une guitare en bandoulière.

L'humain de type mâle était plutôt grand, encore assez mince mais avec du ventre, et n'avait plus que quelques rares cheveux blonds sur les côtés de son crâne. Cet humain s'installa sur le sable, regarda autour de lui, et se mit à jouer de la guitare presque machinalement. De là où il était, le rat ne pouvait pas bien entendre, mais il se rapprocha précautionneusement du guitariste qui semblait très absorbé par ce qu'il faisait. Cet humain n'avait pas l'air mauvais, mais plutôt triste et mou, et il chantonnait en tapotant quelques accords sur sa guitare. Puis il aperçut à son tour Krunoka à quelques mètres de lui qui le regardait, et, lui décochant un petit sourire, lui dit avec un accent de ceux qui mâchent toujours quelque chose : « *Salut le rat, tu aimes la musique ?* ». Ce dernier, assez intimidé, mais qui sentait qu'il n'y avait pas de quoi se méfier, lui répondit par l'affirmative...

Et sans écouter sa réponse, l'humain continua sa psalmodie, les yeux fermés, comme si ce qu'il jouait revêtait une grande importance pour lui. Puis, le guitariste posa son instrument à côté de lui, et demanda au rat s'il connaissait la chanson qu'il venait d'interpréter. Krunoka était sur le point de lui répondre que non, quand l'humain se lança dans un long monologue, où il disait qu'il était un célèbre troubadour, qu'il avait un « *groupe de rauques* » qui s'appelait « *argent pour rien* », et qu'en ce moment il cherchait l'inspiration. Le rat allait lui demander s'il l'avait trouvée, mais le troubadour en question ne lui laissa pas le temps d'ouvrir la bouche, et il continua de raconter sa vie. Il ne s'interrompit que pour reprendre sa guitare, pour lui montrer ce que les humains appellent un « *tube* », c'est-à-dire une rengaine comprit Krunoka, et le lui chanta.

Le rat écouta donc le tube, où le chanteur se plaignait d'avoir abimé le pare-chocs de sa voiture, et que c'était un grand drame pour lui. Une nouvelle fois, le rat était sur le point de lui demander s'il l'avait trouvée, l'inspiration, quand le troubadour se remit à parler pour dire qu'il était un « *guitare-héros* », et qu'en plus il possédait la science du « *marketing musical* », qu'il avait beaucoup d'argent, beaucoup de maisons, des voitures magnifiques, etc… On aurait surtout dit qu'il aimait beaucoup s'écouter parler, puis il continua comme ça à monologuer, les yeux fermés en grattant sa guitare.

Krunoka, discrètement, préféra s'échapper et laisser le troubadour parler tout seul, d'abord il ne comprenait rien à ces histoires de groupe de rauques, de guitare-héros ou de marketing musical, et puis tout cela était franchement ennuyeux. Il décida donc de rentrer chez lui, en faisant auparavant un détour par le magasin où l'on pouvait trouver de la petite eau - il avait vidée la bouteille hier soir et en avait un peu honte - mais c'était bien d'en avoir une, en réserve pour l'apéritif, ou pour les « *grandes occasions* » comme disait l'ami Inkrustine.

La ville s'était bien réveillée maintenant, le flux des machines roulantes s'était allègrement remis en marche, ainsi que le bruit qui va avec. Les humains d'ici aimaient beaucoup faire un usage immodéré de cette trompette incorporée dans les machines roulantes, le « *klaxon* », et bien sûr ils ne manquaient pas de donner également de la voix pour crier après les autres conducteurs. Le rat avait remarqué que l'usage de ces différents avertisseurs était même plus intense quand il faisait chaud, car sans doute une température élevée prédisposait les humains des villes à un comportement plus agressif.

Il se dirigea donc vers le magasin d'alimentation, et comme la veille, le jeune humain était là à l'entrée, et s'occupait avec un appareil entre les mains, sans doute ce que les humains appellent un « *téléphone portable* ». Et, comme la veille, il ne vit pas le rat entrer dans sa boutique, se servir au rayon des bouteilles, et repartir comme si de rien n'était.

En arrivant devant l'opéra, Krunoka vit que l'on avait affiché le programme de la « *saison lyrique* », ainsi les spectacles allaient bientôt commencer. C'était une bonne nouvelle, l'été avait été paisible mais solitaire, et il apprécierait maintenant de pouvoir assister à des représentations, et de « *voir du monde* ». Il vit aussi que la porte d'entrée principale du bâtiment était ouverte, que des humains entraient et sortaient, qu'il y avait dès lors une certaine activité, que les « *affaires reprenaient* » comme disent les humains. Il se rendit à son entrée à lui, regagna son sous-sol, déposa sa précieuse bouteille dans un coin, et grimpa sur le banc en face du schnok pour jouer un peu. Il commençait à bien maîtriser cet instrument, et il essayait de plus en plus de développer ses improvisations en compositions.

Le même jour dans l'après-midi, il y eut au-dessus une répétition et un véritable branle-bas de combat. Le rat dût se cacher, car des humains descendirent au sous-sol chercher des accessoires et de multiples choses, dont des panneaux de décors. Puis, ils installèrent tout cela, des musiciens se mirent à jouer, et la répétition commença. Des chanteurs donnèrent de la voix, mais différemment des conducteurs de machines roulantes, pensa avec humour Krunoka. Terré dans son petit coin, entre le schnok et le mur, il entendait donc tout ce qui se passait au-dessus mais n'osait pas monter, car de là où il était, il pouvait déjà bien apprécier ce qui lui parvenait, la puissance vocale des chanteurs et l'orchestre qui les accompagnait...

Tout cela dura un bon moment, parfois il y avait des silences, les humains là-haut reprenaient tel ou tel passage, mais le rat ne s'ennuya pas un instant, et imagina que la représentation qui s'ensuivrait serait certainement de bonne qualité. Peut-être faudrait-il qu'il s'y rende, car cela semblait très attirant, et il faudrait trouver une bonne place pour profiter du spectacle. Mais il ne faudrait pas qu'on le voit, il devrait se montrer discret et ne pas attirer l'attention, car au fond de lui il n'oubliait jamais que la majorité des humains voulait du mal à son espèce.

Le soir arriva, et alors que Krunoka prenait un apéritif en grignotant les restes de la veille, il entendit encore de nombreuses voix ainsi que des bruits de pas, à la fois au-dessus de lui et à l'extérieur. Assurément on venait assister à la représentation, et après son repas frugal, le rat décida d'aller faire un tour là-haut. Effectivement, une file d'humains se pressait devant la porte principale du bâtiment, puis entrait dans le hall de l'opéra. Tous ces humains étaient élégamment vêtus, beaucoup de couples affichaient des mines épanouies et conquérantes, et on pouvait humer des odeurs de vieilles fleurs tout autour d'eux. La plupart des mâles étaient vêtus de costumes sombres, quant à leurs compagnes, ou présumées telles, elles avaient des visages très peints et gloussaient souvent en observant les autres couples. Mais moins nombreux étaient les humains esseulés, ou alors ceux-ci discutaient entre eux, ou bien encore regardaient leurs pieds en attendant d'entrer dans le hall.

Le rat, caché derrière une statue à l'entrée, observait cette assemblée avec intérêt, et songea qu'il faudrait absolument qu'il se remette au dessin. Cela serait une expérience intéressante de croquer ce genre de scène, mais pour l'instant, la file humaine se diluait peu à peu, et prenait place dans la grande salle de concert. A son tour, et toujours incognito, Krunoka se faufila, entra dans la salle, et grimpa à toute vitesse en direction de ce que les humains appellent le « *balcon* ». Il jugea que c'était un bon endroit pour voir le spectacle, et il se dissimula sous un fauteuil, tandis que des couples d'humains arrivaient et s'installaient.

Un humain femelle relativement jeune posa son arrière-train rebondi au-dessus de lui, puis ôta son veston incrusté de petits points brillants pour le déposer ensuite sur l'un des accoudoirs. A côté de la femelle prit place un mâle plus âgé et très bienveillant, habillé de façon « *élégante mais décontractée* », et qui louchait souvent sur le postérieur de la femelle. Puis tous deux se mirent à bavarder de « *stars* » du spectacle, de « *destinées humaines incroyables* », tandis que le mâle glissait sa main sur la cuisse de la femelle, en lui parlant de « *promotion* » au sein de son entreprise.

Le rat ne comprenait pas bien tout ça, aussi écouta-t-il avec attention le dialogue entre les deux humains. La femelle disait que jusqu'à présent, elle n'avait assisté qu'à des spectacles de « *musique rauque* », et que c'était merveilleux. Elle détailla à son compagnon, qui maintenant louchait sur son buste, le « *look* », la coiffure et la couleur des guitares des chanteurs, et ajouta qu'elle était très émue par leurs rengaines qui parlaient de leurs problèmes existentiels.

A ces mots, Krunoka se souvint du troubadour sur la plage, ainsi que d'humains qu'il avait vus hurler en s'agitant sur une scène avec des lumières colorées, et il comprit mieux ce qu'elle voulait dire. Son compagnon, quant à lui, commençait à remonter sa main en direction du buste de la femelle, en lui disant que bien sûr il était d'accord avec elle, que ces troubadours étaient de « *véritables chefs d'entreprise »,* dynamiques et ambitieux comme lui. La femele gloussait de plus en plus, et le mâle lui assura qu'il lui trouverait bientôt un poste de « *cadre* » dans son entreprise, et qu'elle ne serait plus seulement « *secrétaire* ». D'autres couples remplirent ensuite le balcon de l'opéra, puis deux sonneries se firent entendre, les lumières s'éteignirent, le spectacle allait commencer.

L'orchestre envoya une cascade de notes puissantes, la salle se tut, et le grand rideau rouge devant la scène s'ouvrit, laissant apparaître un décor de type bucolique. Il y avait en effet une meule de foin, une chaumière et quelques animaux de la ferme, le tout habilement peint et savamment éclairé.

Sous son fauteuil, Krunoka s'avança un peu, en face du hublot sans vitre de la rambarde devant lui. Cela lui permettait de mieux voir, tout en restant le plus discret possible. Il ne fallait surtout pas se faire remarquer, car maintenant il était environné d'humains qu'il espérait suffisamment fascinés par le spectacle sur la scène pour ne pas faire attention à sa présence. La musique domina pendant quelques minutes l'ouverture de cette représentation, puis un humain mâle déguisé en paysan apparut et se mit à chanter.

Sa voix, qui portait loin, racontait que les récoltes avaient été mauvaises et que bientôt il n'aurait plus de quoi nourrir sa famille. La sécheresse était en cause, il n'avait pas plu depuis longtemps et il comptait invoquer des « *dieux* » pour faire tomber la pluie. Il se lamentait ainsi, quand surgit un humain femelle, de corpulence importante qui se mit aussi à chanter.

D'une voix également puissante, cette femelle fit part au mâle, qui était son mari, de son intention de le quitter au profit du seigneur de la région, possesseur des terres. Tous deux pourtant ne semblaient pas souffrir de malnutrition, à en juger par leurs tours de tailles, mais ils possédaient si bien leur art vocal que le rat en fut immédiatement impressionné. « *Quelles voix* ! » pensat-il, et l'orchestre redoubla de puissance pour ponctuer les envolées vocales du couple de paysans, tout cela était magnifique !

Il y eut encore des temps forts qui suivirent, comme la venue du seigneur sur un cheval factice, qui chantait qu'il « *voulait se taper* » la femme du paysan, qui de toute façon n'était qu'un « *bon à rien »,* incapable de cultiver la terre. Des enfants apparurent ensuite et implorèrent leurs parents de leur donner à manger, sous l'œil sarcastique du seigneur. Les enfants en question, qui étaient en fait des humains de petite taille, chantaient en chœur qu'ils allaient bientôt mourir de faim si on ne les nourrissait pas, quand arriva encore un autre humain femelle, jeune, mince et aux cheveux clairs, qui à son tour se mit à chanter.

Et là, ce fut pour Krunoka comme une grande vibration intérieure. Une intense émotion l'envahit, non seulement à la vue de cette créature, mais aussi à cause de sa voix, qui, même si elle était moins puissante et moins assurée que celles des autres, résonnait en lui d'une manière inattendue... Il en eut presque le vertige, et il se retint à son hublot. Puis, il se reprit rapidement, car il était coutumier d'émotions fortes dans sa vie, et écouta avec attention la jeune chanteuse.

Celle-ci était très mince, comparativement à l'autre chanteuse, et il remarqua qu'elle avait un peu le même accent que les humains de la région d'Inkrustine et Choupiko. Krunoka fit vite le rapprochement avec les auditions qu'il avait entendues précédemment, quand, au même moment, l'épouse du paysan se mit à insulter la jeune chanteuse. Elle la traita, en chantant admirablement bien-sûr, de « *sorcière* » et de responsable de la sécheresse. Ce à quoi le seigneur sur son cheval donna crédit, et voulut chasser la sorcière avec le fouet qui lui servait à frapper sa monture. Pendant ce temps, les enfants et leur père pleuraient tout en chantant, et on atteignit la fin de cette première partie, sur ce que les humains appellent un « *crescendo* ».

Un tonnerre d'applaudissements se déversa dans la salle, tandis que le rideau se refermait sur une nouvelle montée en puissance de la musique. Le chef d'orchestre, un humain maigre et très vieux, agitait un fin bâton comme s'il voulait chasser des insectes, et comme s'il allait mourir sur le champ. Son dernier coup de bâton stoppa net les musiciens, puis il se retourna vers le public qui continuait à taper dans les mains en criant « *bravo, bravo* », et il salua la foule en s'inclinant.

Certains humains se levèrent même pour applaudir, et tout le monde semblait très content de cette première partie. Krunoka regardait tout autour de lui les gens saluant ces exploits lyriques, et il s'aperçut que les deux sièges au-dessus et à côté de lui étaient maintenant vides. Le chef d'entreprise et sa secrétaire-future-cadre étaient partis, mais le rat, passionné par le spectacle, n'avait pas remarqué leur départ. Peut-être cette représentation ne leur avait pas plu, ou alors ils étaient impatients d'aller signer le contrat dont ils avaient parlé…

Quoiqu'il en soit, on en vint à la partie suivante de la pièce, une sonnerie puis une autre retentirent, pour prévenir que « *l'entracte* » se finissait. L'orchestre se remit à jouer, cette fois-ci « *pianissimo* », tandis que le grand rideau rouge se rouvrait sur un autre décor.

On voyait maintenant au premier plan une mare, une grande prairie bordée d'un petit bois, et au fond on pouvait apercevoir un château. Sans doute était-on au printemps, car l'ensemble était verdoyant, et quelques plantes très colorées avaient poussé au bord de la mare. Les musiciens jouaient un air sur un mouvement de valse, et leur chef dodelinait de la tête sans trop chasser d'insectes avec son bâton.

Puis arriva la sorcière présumée, elle dansait en tournant sur elle-même avec un petit bouquet de fleurs sauvages à la main, et se mit à chanter.

Krunoka, maintenant monté sur l'un des deux fauteuils vides, pouvait encore mieux voir la représentation, et il fut très ému en voyant à nouveau la jeune chanteuse.

Ce qu'elle chantait parlait de légendes de la forêt, d'histoires de biches, de lapins blancs et de grenouilles, ainsi que d'un vent magique soufflant à travers les branches des arbres. A vrai dire, le rat ne comprenait pas bien ses propos, mais il se sentait transporté par sa voix et sa présence.

Tout allait bien donc, et il ne regrettait pas d'être venu à son tout premier spectacle, de plus, cette place au balcon était excellente, et il faudrait penser à se l'attribuer pour les prochaines représentations. Il regarda sur ses côtés, et vit que les humains assis un peu plus loin, soit somnolaient, soit étaient plongés dans le dépliant du spectacle.

Un autre humain tenait entre les mains la partition de l'opéra en question, sans doute pour suivre l'œuvre au plus près. Peut-être était-il musicien ou mélomane, car derrière ses grosses lunettes rectangulaires, il semblait très absorbé dans la lecture des notes, pour vérifier certainement que tout était correctement interprété. Sa compagne, une femelle blonde avec beaucoup de petits objets brillants autour du cou, ruminait quelque chose dans sa bouche et semblait fermement s'ennuyer.

A présent, sur la scène, le seigneur venait d'arriver, toujours sur son cheval factice. Ce mâle brun et barbu, répondant au nom de « *Don Youki* » voulait corriger la sorcière, nommée « *Kristina* ». Il disait qu'il ne tolérait pas qu'elle jette des mauvais sorts sur ses terres, aussi estimait-il qu'il devait la violenter et abuser d'elle en raison du « *droit de cuissage* », loi en vigueur à l'époque. Il descendit de son cheval en agitant son fouet, s'approcha d'elle, et la menaçant, la prit à la gorge en chantant : « *tu fais peur à mes esclaves, mais moi je suis le sang noble désigné par Dieu pour dominer, aussi retire tes hardes et soumets-toi à ma volonté toute puissante… »*. La pauvre chanteuse fit mine de s'exécuter en psalmodiant un court refrain dans une langue bizarre, et, regardant Don Youki droit dans les yeux, lui assena un coup de genou dans la zone du bas-ventre, puis s'enfuit en courant. Le seigneur resta un instant interloqué, son visage devint très pâle, il se recroquevilla sur lui-même, alors que l'orchestre accompagnait le tout de sombres accents musicaux.

Ensuite, le noble humain releva la tête et se mit à chanter que sa vengeance serait terrible, qu'il allait se débarrasser non seulement de la sorcière, mais aussi de tous ces paysans idiots, après avoir bien-sûr abusé de leurs femmes. C'était « *son projet* », et il le jura devant le Dieu-tout-puissant qui serait forcément d'accord avec lui. La musique qui accompagnait tout cela était presque envoûtante, nota Krunoka, et il connaissait désormais le nom de la chanteuse, du moins son pseudonyme.

Don Youki remonta ensuite sur son cheval, bien qu'il eût sérieusement mal à l'entre-jambes, mais personne ne devait oublier qu'il était le héros. Le public applaudit son courage et sa foi, et le chef d'orchestre emmena ses musiciens dans de vaillantes résonances. Le héros mâle et viril devrait combattre dès maintenant les sorcières et l'obscurantisme, c'était là une preuve de civilisation chez l'espèce humaine.

Le rat n'applaudissait pas spécialement, mais il appréciait la mise en scène, en particulier tous ces merveilleux accents musicaux, et il attendait avec impatience le retour de celle que lui considérait comme l'héroïne de l'histoire. Celle-ci revint peu de temps après que le seigneur soit retourné au galop à son château, et elle était munie d'une toute petite guitare. S'asseyant au bord de la mare, elle se mit à arpéger quelques accords sur son instrument, et de sa voix fragile déroula son histoire.

La sorcière en question raconta qu'elle n'était qu'une pauvre orpheline et qu'elle errait depuis longtemps dans les bois, qu'elle subsistait en mangeant des champignons et en cueillant des fruits sur les arbres. Elle vivait dans une cabane dans la forêt, avec pour seuls compagnons des animaux, et avait voulu se « *socialiser* » auprès des paysans locaux, mais ceux-ci, surtout leurs épouses, ne l'avaient pas bien accueillie. Sa beauté naturelle avait rendu jalouse la plupart de ces femelles, qui, elles, étaient fatiguées par un dur labeur aux champs, et par la mise au monde de plusieurs enfants. Elle était ainsi accusée de sorcellerie, alors qu'elle voulait juste rentrer en contact avec la société dite humaine. Il lui restait cette petite guitare pour exprimer le chant de son âme, ce à quoi Krunoka fut tout de suite très réceptif, car il sentait qu'il partageait cette expérience de la vie… Et soudain resurgit la cantatrice du début, l'épouse du paysan, qui semblait très en colère. Les yeux exorbités, l'imposante chanteuse commença à agresser, verbalement mais lyriquement, la jeune sorcière qui gratouillait sa guitare. Elle lui fit comprendre qu'elle la tuerait très prochainement si elle séjournait encore dans les parages. Le rat fut impressionné par son jeu d'actrice, elle semblait vraiment vivre ce qu'elle chantait ! Mais Krunoka devait apprendre plus tard que les deux chanteuses étaient en compétition, et que le Directeur de l'opéra favorisait la plus âgée et pour ainsi dire la « *plus en chair* » des deux, qui parait-il, assouvissait régulièrement certains de ses besoins physiques...

Mais, revenons à la représentation : la chanteuse favorite du Directeur somma l'autre de déguerpir « *sur le champ* » et la jeune Kristina partit, mais en continuant à jouer et chanter. Et voici ce qu'elle disait en s'éloignant « *rien ni personne ne pourra ôter toute la beauté que j'ai en moi, ni un homme, ni une femme, et encore moins un quelconque système politique ou religieux. L'âme humaine est bien trop laide en général, et je préfère de loin la compagnie des animaux et de la musique, mais pas de la musique que vous tentez de m'imposer... Celle de mon âme ! * ».

L'autre chanteuse, restée seule sur scène, ne semblait pas du tout apprécier cette réplique, pourtant écrite et prévue dans le « *livret* » de l'opéra... Son courroux paraissait vraiment réel, peut-être était-elle jalouse de la jeune et fraîche Kristina, qui tôt ou tard pourrait prendre sa place ? Krunoka trouva en tout cas que la performance des deux actrices était incroyable, car elles n'avaient pas l'air de jouer un rôle, et on pouvait penser que c'était vraiment leurs vies qui étaient en jeu. Et le rat avait littéralement bu les dernières paroles de Kristina... Que d'émotions pour lui, alors que l'on était seulement au milieu de la représentation ! La favorite interpréta ensuite un remarquable solo en montrant toute l'étendue de ses capacités vocales. Les paroles disaient qu'elle ne méritait pas une telle offense, elle, une mère de famille, travailleuse, dévouée, etc... Puis, le héros sur son cheval revint et se mit à chanter avec elle, lui disant que bien-sûr elle méritait mieux, et il lui proposa de l'emmener chez lui pour lui montrer son « *bel édifice* ».

Le public put ainsi assister à un magnifique duo, où les deux humains se livraient à une grande performance lyrique, le tout accompagné par un orchestre parfaitement en phase. La puissance vocale des deux chanteurs était telle, que le gros lustre suspendu au-dessus de la scène tremblait légèrement, remarqua Krunoka. Il pensa un instant que cette grosse lampe constituerait un réel danger, si elle venait à se décrocher...

Puis il se recentra sur le spectacle, et vit que l'imposante chanteuse était montée sur la croupe du cheval du seigneur, et que ce dernier l'emmenait donc visiter son château. A ce moment-là, il n'y avait plus de chant, seulement la musique qui exprimait des accents romantiques sur un tempo « *andante* ».

Et là, revint le paysan du début, celui qui était responsable de la malnutrition de sa famille, et qui en plus devenait cocu : il venait de voir passer sa femme sur le cheval du seigneur, et il paraissait désespéré. C'était donc maintenant à son tour de montrer l'étendue de son registre vocal, et il se lança dans un solo. Sa voix évoluait dans un registre grave, et il disait être humilié, anéanti, et que lui non plus ne méritait pas tout ça ! Finalement, songea Krunoka, tout le monde se plaignait en chantant, que ce soit les troubadours ou les chanteurs lyriques… Alors, à ce stade de la représentation, il préféra redescendre à son sous-sol, car il se sentait un peu fatigué, et il avait eu sa dose d'émotions pour aujourd'hui. De plus, il voulait éviter le « *rush* » après la fin du spectacle, la foule, etc… Profitant de la pénombre dans laquelle était plongée la salle de concert, et pour ne pas se faire remarquer, il se faufila une fois de plus entre les rangées de sièges, descendit du balcon, et réintégra son sous-sol. Il retrouva avec joie son petit coin, et avant d'aller dormir, but une gorgée de petite eau, en se souvenant de l'accent de la jeune et jolie chanteuse nommée Kristina.

Cela l'intrigua pendant un petit moment, il se posait des questions sur l'origine de la chanteuse, mais, bien calé entre le schnok et le mur, il plongea rapidement dans un sommeil réparateur, tandis qu'au-dessus, le spectacle continuait.

Le matin vint, et en se réveillant le rat se sentait en pleine forme, il avait passé une bonne soirée la veille car il avait enfin pu voir un spectacle. C'était important pour lui de pouvoir écouter de telles prestations vocales, musicales et scéniques, et de plus, il se sentait un peu comme transporté par les « *élans de l'amour* ». Cette jeune cantatrice, Kristina, lui avait fait beaucoup d'effet, et il comptait bien en apprendre davantage sur elle. Son but immédiat était de connaître les prochaines dates des représentations afin de savoir si elle reviendrait chanter, et il sortit aussitôt pour aller consulter les affiches placardées dans la rue. Il y avait des représentations presque tous les soirs, la saison lyrique débutait, et il réussit à connaître le nom de l'artiste. Son prénom était le même, Kristina, mais elle avait un nom à rallonge avec beaucoup de « *a* », et Krunoka comprit qu'elle n'était pas de la région. Elle figurait sur le programme d'un très prochain spectacle, et le rat en fut enchanté. Alors en attendant, il décida de visiter les locaux administratifs de l'opéra, dans le but d'en savoir peut-être un peu plus sur cette chanteuse, ainsi que sur les autres humains qui travaillaient ici.

En passant au rez-de-chaussée, il aperçut des humains femelles qui faisaient le ménage en discutant beaucoup, puis il arriva dans le couloir menant à la partie administrative du bâtiment. La porte du bureau de la Direction étant ouverte, Krunoka put ainsi voir le responsable des lieux, en train de s'entretenir avec deux autres humains.

VIII

Le Directeur de l'opéra était un humain mâle d'âge mûr, svelte et soigneusement vêtu, brun mais avec les tempes grisonnantes, et qui portait la moustache. Il fumait de longues cigarettes de « *classe supérieure* » avec un porte-cigarette doré, tout en écoutant les deux autres individus qui déballaient et lui présentaient de nombreux documents. Il était question de chiffres et de comptabilité, de frais de gestion et de rémunération des artistes. L'un des deux humains employait souvent le mot « *bénéfice* », tandis que son collègue parlait de « *politique culturelle* », et tous deux s'accordaient à délivrer de précieux conseils au Directeur.

Pendant ce temps, le rat écoutait, caché derrière la porte du bureau, prêt à s'enfuir à la moindre alerte. Il ne comprenait pas tout ce qu'il se disait, mais les propos du Directeur, quand celui-ci se mit à parler, furent plus explicites. Celui-ci en vint à dire que la programmation cette année serait plus « *commerciale* », et que cela compenserait le déficit de l'année précédente. De plus, il déclara qu'il faudrait faire quelques « *purges* » du côté des artistes, ou tout simplement faire en sorte de moins les rémunérer. Les trois humains se mirent d'accord sur ces mesures saines et nécessaires à la bonne gestion du prestigieux espace culturel qu'était l'opéra. Puis, les deux collaborateurs s'en allèrent après avoir cordialement serré la main du Directeur, et ce dernier convoqua sa secrétaire, Monica. Il devait lui faire part des mesures à prendre, ainsi que de lui amener au plus vite du café, sans oublier ce qu'il nommait sa « *petite friandise* » du matin.

La dite Monica arriva, avec un plateau sur une main et un carnet de notes dans l'autre. Assez grande et bien charpentée, elle cultivait une blondeur de cheveux à l'aide de différents produits chimiques, et aimait à les porter en coupe dite « *au carré* ». Elle estimait que c'était plus convenable que de les avoir longs comme dans sa jeunesse, car elle parvenait désormais à un âge mûr. Ce en quoi elle rejoignait le Directeur, à quelques années près. Ce dernier l'avait embauché comme secrétaire, après l'avoir rencontré quelques années plus tôt dans le club d'équitation que tous deux fréquentaient. Ils avaient en effet la « *passion du cheval* » à ce moment-là, c'est-à-dire de dominer un herbivore, puis cette passion s'était rapidement dissipée, et ils s'étaient perdus de vue.

Puis, un jour, Monica avait postulé à l'opéra municipal qui recherchait une secrétaire, la précédente ayant été licenciée pour « *faute professionnelle grave* ». Le Directeur, en épluchant les candidatures, s'était souvenu de cette cavalière au physique agréable, et il la convoqua en priorité. Elle fut très surprise également de retrouver cet ex-cavalier à la tête d'une telle entreprise, et elle lui exposa sa motivation à trouver un emploi.

Récemment divorcée, elle aspirait maintenant, au milieu de sa vie, à devenir une femme « *libre* » et indépendante. En effet, son parcours jusqu'à présent s'était essentiellement déroulé entre un père très protecteur et un mari qui l'était plus encore, et tout cela était devenu très « *difficile à vivre* ». Ces deux humains mâles pensaient pourtant avoir contribué à son épanouissement, en lui offrant tout ce qu'elle avait désiré, et en satisfaisant le moindre de ses caprices, mais récemment, elle avait pris conscience, en lisant des magazines féminins qui traitaient de « *psychologie* », que la vie des autres était beaucoup mieux. Il fallait donc pour elle se débarrasser d'un poids familial et marital, divorcer en siphonnant au passage un héritage, et refaire sa vie. Et avec le conseil d'une bonne amie d'enfance, elle avait pu enfin se libérer la conscience et « *prendre sa vie en main* ».

Le Directeur avait été immédiatement séduit par la clarté de son discours, mais surtout par certains de ses attraits physiques, et il voyait en elle non seulement une secrétaire, mais aussi une efficace collaboratrice. En effet, il était important selon lui d'avoir « *la tête sur les épaules* », de se montrer pragmatique en toute situation, de savoir user de bons sentiments pour soutirer un maximum d'argent à quiconque, etc... Et il l'embaucha sur le champ. Il lui raconta aussi sa vie à lui, car c'était également important de « *bien se connaître pour bien travailler ensemble* ».

Monsieur le Directeur, comme l'appelait à présent Monica, mais de vrai nom Emilien, était issu du même genre de milieu aisé. Sa jeunesse avait été plus qu'agréable, ses parents lui payant des leçons d'équitation, des voyages sur un autre continent réputé pour son dynamisme économique, et un peu plus tard des « *études de commerce* » dans une école privée renommée. C'est au-cours de ces études qu'il se découvrit une passion pour le monde de la musique, et qu'il fut fasciné par « *la vie de stars* » que menaient certains troubadours.

Aussi décida-t-il de pratiquer un instrument de musique, car après tout cela devait être facile, se disait-il en voyant tous ces imbéciles devenir millionnaires. Ses parents, sûrs du potentiel musical de leur rejeton, lui offrirent une belle flûte en argent, mais si ce dernier appréciait beaucoup l'objet, brillant et de valeur plus qu'estimable, il aimait moins faire les efforts constants et nécessaires pour en jouer. Cela l'irrita fortement, qu'un vulgaire tube lui résiste, et il prétexta qu'il n'avait pas le temps d'en jouer, etc…

Cependant, il garderait toujours un œil sur le milieu de la musique et des musiciens. Mais ce n'est qu'après avoir fait carrière dans la vente immobilière, où il était passé maître dans l'art de négocier le prix du mètre carré, et après avoir ainsi vendu des centaines de biens immobiliers, qu'il s'enthousiasma à nouveau pour le domaine culturel. Et c'est en ayant fourni à moindre coût quelques maisons dans des sites magnifiques à des humains bien placés dans la société, que ceux-ci le nommèrent Directeur de l'opéra, « *en charge des missions culturelles et musicales de la ville et de la région* ». C'était donc une belle réussite pour lui, mais c'était surtout normal, car il estimait qu'il avait « *beaucoup travaillé pour en arriver là* ».

Monsieur le Directeur Emilien invita donc Monica à prendre des notes sur ses décisions, et lui demanda de fournir par la suite un rapport détaillé sur les salaires des artistes et autres intervenants au sein de l'opéra. Ensemble, ils répertorièrent chanteurs et musiciens dans l'ordre de l'importance que le Directeur leur accordait. L'un des premiers artistes à « *passer à la moulinette* » fut la chanteuse Kristina, qu'Emilien estimait nettement insuffisante sur le plan artistique pour continuer à travailler ici.

Au son de son prénom, Krunoka, toujours planqué derrière la porte du bureau, sursauta un peu. Voici les mots que le Directeur employa au sujet de la jeune chanteuse : « *ma chère Monica, je pense que, comme moi, vous avez une sensibilité artistique et musicale suffisamment développée, pour considérer que certains chanteurs qui viennent se produire chez nous n'amènent en rien une plus-value à nos spectacles, aussi allons-nous faire en sorte de réduire au fur et à mesure leurs prestations scéniques, et même baisser leurs rétributions, afin qu'ils aillent chercher ailleurs un travail leur convenant mieux...* ». Le Directeur but une gorgée de café, alluma une nouvelle cigarette qu'il accrocha délicatement à son porte-cigarettes, puis il continua ainsi : « *ce n'est pas la seule, bien évidemment, mais nous allons commencer par les chanteurs étrangers, et celle-ci devrait s'estimer heureuse d'avoir participé à nos spectacles de haute qualité. Après tout, elle n'est pas bien payée dans son pays, et elle est donc simplement venue ici pour profiter de nos largesses... ».* Puis il continua à dicter à Monica une impressionnante liste d'artistes, de techniciens du spectacle, et même de personnel d'entretien comme les femmes de ménage, qui étaient dans son collimateur. Il conclut ainsi : « *tous ces gens-là devraient s'estimer heureux de travailler dans le domaine culturel, et cela devrait amplement leur suffire, au lieu de courir mesquinement après leurs salaires... ».*

La secrétaire Monica éprouvait de l'admiration pour ce décideur, cet homme averti qui prenait des risques, et elle prit note des idées géniales de son patron. Celui-ci, visiblement satisfait de la parfaite coordination de pensée avec sa collaboratrice, et tout en détaillant une nouvelle fois la physionomie de celle-ci, lui fit part de la nécessité de la « *friandise* » d'après le café, qu'il aimait recevoir quotidiennement. Et donc, selon un rite devenu immuable à chaque « *pause-café* » du matin depuis quelques années, et en vertu d'une profonde communion d'esprits, Emilien, solennel, se leva, rejoignit la secrétaire assise en face de lui, et baissa son pantalon.

Krunoka, de loin, vit que le décideur sortait un genre de queue de son pantalon, et il se demanda pourquoi les humains mâles avaient un si petit bout de chair en guise de queue. En effet, il jugea que les rats avaient une queue bien plus grande, par rapport à la dimension de leur corps. Assez étonné, il continuait à visionner cette scène, quand Monica enfourna cet ersatz de chair dans sa bouche, pendant que le Directeur se mettait à battre la mesure. Il comptait en effet une « *mesure à deux temps* », pendant que la secrétaire faisait un mouvement de va-et-vient avec sa bouche sur la queue du décideur. Puis le tempo s'accéléra, le visage de ce dernier devint écarlate, et il se mit, toujours en battant la mesure, à vociférer : « *fumiers d'artistes !* », jusqu'à ce que Monica atteigne le « *point d'orgue* » de cet exercice.

Le responsable de l'opéra poussa alors un grognement de satisfaction, ses yeux sortirent presque de sa tête, et il retira sa queue à présent flasque de la bouche de la secrétaire. Ensuite, Monsieur le Directeur Emilien, remonta son pantalon et retourna s'asseoir derrière son bureau. Monica, quant à elle, s'essuya la bouche dignement, se leva, prit son carnet de notes et retourna dans son bureau, situé à côté.

Le rat, pas tellement surpris du comportement de ces humains, mais plutôt inquiet du sort de Kristina, préféra à son tour retourner dans son sous-sol, afin de faire le point sur la situation. Revenu près du schnok, il s'interrogea : « *ainsi, les artistes et autres intervenants n'étaient que des pions au service d'un système culturel et économique semblable à tous les autres systèmes ?* ». Comme il aurait aimé avoir l'avis de son ami Choupiko, car il se sentit bien seul à ce moment-là, avec sa pensée sur l'art et la musique. Pendant un instant, il regretta ses amis de là-bas, et il se dit qu'il retournerait volontiers les voir prochainement. Peut-être cet épisode de l'opéra n'était-il que temporaire, et qu'il valait mieux vivre tranquille à la campagne, jouer de la guitare et boire de la petite eau en compagnie de ses amis ?

Il en était là dans ses pensées, quand il se dit qu'il boirait bien « *un petit coup* », afin de favoriser sa réflexion. Il alla chercher sa bouteille, en but une gorgée, réfléchit quelques minutes, puis décida de sortir à nouveau dans le quartier, pour retourner voir les noms des artistes sur les affiches.

La matinée était ensoleillée, la température assez chaude, et les humains étaient en train d'ouvrir leurs boutiques dans le quartier de l'opéra. Le rat alla voir l'affiche située sur un panneau devant le bâtiment, et il prit connaissance des futures représentations, du nom de l'orchestre et de son chef, et des principaux acteurs-chanteurs. Il remarqua qu'il n'y avait que deux humains femelles, Kristina, et une certaine Charlotta. Il se remémora la pièce de la veille, et en déduisit que cela devait être le prénom de la chanteuse au physique imposant et à la voix puissante. Puis il revint dans son sous-sol, et passa la journée à jouer du schnok. Des idées mélodiques lui venaient souvent quand il songeait à Kristina, alors il se donnait comme but de lui composer quelque chose, et peut-être même de lui proposer de chanter, s'il arrivait toutefois à l'approcher et lui parler. Mais il savait que cela serait difficile, car elle aurait sûrement peur des rats comme tous les humains, et il fallait agir vite avant que le Directeur n'organise ses purges.

Le soir venu, Krunoka ressortit faire quelques courses. Aujourd'hui, il n'y avait pas de représentation prévue, il y avait juste eu une répétition cet après-midi, et il avait reconnu au passage le jeu pianistique de l'humain femelle à tête de cochon, mais cette fois-ci, elle n'avait accompagné que des voix masculines. Lui-même ayant été très absorbé par son schnok, cela lui fit du bien de sortir un peu, après une « *dure journée de travail* » sur l'instrument.

Dehors, il y avait beaucoup d'humains qui flânaient dans les rues proches, et d'autres qui étaient attablés aux terrasses des restaurants. On sentait des odeurs de poissons grillés dans tout le quartier, et on entendait un peu partout du « *boum-boum-boum* » dans les machines roulantes qui circulaient. Le rat fit quelques poubelles dans les ruelles autour du port, trouva de quoi se nourrir, et revint tranquillement chez lui.

Le lendemain soir, il y eut une représentation, et Krunoka, après sa journée sur le schnok, monta directement au balcon. Il vint même un peu en avance, de manière à avoir une place, car c'était un très bon endroit pour voir et écouter le spectacle. D'autant plus que les deux chanteuses, la puissante Charlotta et la jeune Kristina, remettaient ça ce soir dans une autre pièce intitulée « *L'industrie du Diable* ».

Il y avait autant de monde que l'autre soir, et le rat espéra qu'à cette place il n'aurait pas de problèmes, qu'il n'y aurait pas d'humains qui le remarqueraient et l'indisposeraient. Une fois arrivé, caché sous un fauteuil, et à proximité du hublot sans vitre qui lui permettait de voir la scène, il regarda la salle se remplir, et les humains qui allaient et venaient en cherchant leurs places numérotées. Un couple s'installa à des places proches de lui, et ces humains, d'un âge certain, semblaient des habitués des spectacles lyriques. Ils se mirent en effet à parler de telle ou telle représentation, vue dans telle ou telle ville, et le rat se dit que c'étaient des amateurs du genre, prêts à voyager pour assouvir leur passion. C'était en somme de bons voisins, sans doute mélomanes et venus ici en réels amoureux de la musique. Cela le rassura, et seul sous son fauteuil, les yeux rivés sur la scène un peu plus bas, il attendit le début du spectacle.

La salle était à présent pleine, les sonneries retentirent, la lumière s'éteignit et l'orchestre se mit à jouer. Il interprétait une musique aux accents modernes, plutôt orientée sur des changements rythmiques fréquents et sur des accords légèrement dissonants. Mais cela ne lui déplaisait pas, cette musique lui donnait l'impression de voyager, et dès que le rideau rouge s'ouvrit, il guetta avec attention l'arrivée des chanteurs. Ce furent deux humains mâles qui apparurent, un debout, un autre assis sur une chaise en métal, et tous deux habillés des mêmes vêtements de couleur bleue, plutôt usés. Le décor ressemblait à celui d'une usine désaffectée, il n'y avait pas de fenêtre, et des grosses poulies pendaient du plafond.

L'humain assis avait la tête baissée, et celui qui était debout se mit à chanter en levant les bras au ciel. Sa voix de « *ténor* » commença à raconter qu'il était victime de complots, émanant d'autres humains qui dirigeaient le monde. Le Diable, ou un Dieu nommé « *Argent* » était en question, et ne propageait que le malheur sur l'humanité. Tout en chantant, il se tourna ensuite vers son collègue assis pour le prendre à parti, mais l'autre ne réagissait pas, et le chanteur débout lui reprochait sa faiblesse et son indifférence.

Il lui disait, en chantant donc mais en s'énervant un peu, qu'il fallait se battre, qu'il ne fallait pas se laisser faire par tous ces gens malhonnêtes, car il en allait ainsi de leur survie. C'était un assez long monologue, accompagné par une musique qui devenait de plus en plus curieuse, et seulement ponctuée par quelques à-coups rythmiques. Krunoka pensa encore une fois que les humains aimaient bien se plaindre, sur tous les sujets, et autant sur un mode musical basique que très élaboré... Lui qui survivait depuis toujours et qui ne se plaignait jamais, il écouta quand même avec attention, et s'aperçut que le chanteur debout avait des accents dans la voix de ceux qui mâchent toujours quelque chose. Cela était d'autant plus flagrant dans les passages parlés, les récitatifs, où il évoquait le « *déclin de la société* ».

L'image du père de Léonid revint à sa mémoire, et il se souvint de ce type d'humains qui mâchent toujours quelque chose, les mêmes que ceux qui tuent des ours pour vendre leurs peaux très chères. Krunoka fit donc le rapprochement entre société, argent, humains mâcheurs, ours trucidés... Car apparemment, dans cette pièce, c'était encore une histoire liée à l'argent, et il comprit que la plupart des humains ne semblait s'intéresser qu'à ça. Quand ils n'en avaient pas assez, ils se plaignaient, et quand ils en avaient beaucoup, ils en voulaient encore plus, en exploitant, escroquant ou spéculant sur le dos d'autres humains…

Ensuite, l'humain assis releva la tête, et se mit à chanter à son tour en évoquant son impuissance à combattre les puissances maléfiques du monde de la « *finance* ». Son collègue, après l'avoir traité de « *looser* », prit à nouveau le dessus, vocalement, et lui ordonna de se lever et de marcher. C'est ce que fit péniblement ce dernier, qui semblait à ce moment-là porter toute la misère du monde sur lui, puis, tout à coup, il se mit à entonner un chant révolutionnaire, paraît-il connu et qui avait fait ses preuves.

L'orchestre se mit en devoir d'appuyer cet hymne, mais cela ne dura pas longtemps. Retombé dans son apathie, le looser se lança dans une longue complainte, où il était question de sa vie toute entière consacrée au développement de l'usine, et qui, pour le remercier, le « *foutait dehors* ».

Krunoka, n'étant pas un expert en sociologie, il ne comprit pas tout, mais il apprécia les acteurs et la mise en scène de ce début de spectacle, ainsi que la musique qu'il trouvait très adaptée à cette douloureuse situation. Les deux comédiens cessèrent ensuite de parler ou de chanter, et bras dessus-dessous, sortirent sous un crépitement d'applaudissements. Immédiatement après entra Charlotta, déguisée en guerrière. La voix qui sortit de sa grande cage thoracique était très impressionnante, et elle clamait un appel à une « *révolution* », le poing levé en l'air. Et à ce moment-là, l'énorme lustre situé au-dessus de la scène vibra énormément, remarqua le rat. La diva exalta ensuite les vertus de la violence pour abattre les représentants du « *Dieu Argent* », et son chant effectuait de vertigineux arpèges sur un tempo « *allegretto* ». Son appel aux armes dura un certain temps, puis elle se radoucit, baissa son poing, et se mit à sangloter.

La jeune Kristina fit alors son entrée en scène, déguisée en ange, et Krunoka, là-haut sur son balcon, ressentit encore une forte émotion en la voyant. Toute vêtue de blanc, elle était affublée de deux grandes ailes accrochées dans le dos, et avait la même petite guitare. Elle s'approcha de Charlotta, en brossant quelques accords sur son instrument, puis, une fois près d'elle, se mit à fredonner une chanson douce. D'abord, la diva la regarda de travers, puis elle détourna son regard en fixant un supposé horizon. Les paroles que chantait l'ange vantaient les mérites de la paix, de la bonté et de la compréhension, mais en entendant ces mots, la diva reprit du poil de la bête, mit ses mains sur ses hanches, et regarda Kristina droit dans les yeux. Et elle explosa de colère.

A ce moment-là, il n'y avait pas de musique pour accompagner la scène, juste quelques accords de guitare qui résonnaient faiblement, quand, franchement hors d'elle, Charlotta se mit à crier plus qu'à chanter. Elle dit à l'ange qui maintenant marchait à reculons, que la supposée bonté n'était qu'une ruse de plus d'un dieu méchant, accrédité par le pouvoir en place, effrayant dans sa cupidité et son égoïsme. Puis, en pointant son index sur l'ange, et en articulant remarquablement bien, elle déclara : « *l'Enfer est pavé de bonnes intentions…*», et elle finit sa diatribe en disant que les anges n'étaient que des hypocrites et les alliés du pouvoir. Le rat fut une fois de plus impressionné par le réalisme de cette scène, c'était comme si Charlotta avait vraiment de la haine envers le « *Système* », et en l'occurrence envers l'ange ! Soit elle était une merveilleuse actrice, en plus d'être une grande chanteuse, soit elle avait un réel problème avec le monde des humains…

Krunoka se jura d'en savoir plus sur cette diva, mais pour l'instant il attendait la réplique de l'ange. Celle-ci ne tarda pas à venir, portée par sa voix douce qui chantonnait maintenant un genre de « *comptine* », cette chanson simple et poétique que l'on chante aux enfants. Mais cela ne sembla pas vraiment tranquilliser la puissante cantatrice qui fit comprendre à Kristina qu'elle n'arriverait pas à l'amadouer, une fois de plus, avec sa « *musiquette* ». Alors, tout simplement, la guerrière prônant la révolution s'éloigna sans prononcer un mot et en affichant une noble indifférence. Et l'ange continua de chanter, en s'accompagnant à la guitare, très bien d'ailleurs, put en juger Krunoka.

L'éclairage de la scène, jusqu'à présent dans des tons bleutés, prit des teintes de couleurs plus chaudes, comme l'orange, le rouge, et la chanson portée par sa voix louait la miséricorde d'un dieu tout puissant. La mélodie était très belle, assez facile à retenir, et Kristina interpréta cet air à merveille. Le rat nota cependant qu'elle avait toujours des seconds rôles par rapport à

Charlotta. « *Sorcière* » ou « *ange* », la durée de ses apparitions sur scène était assez courte, mais il est vrai que c'était Monsieur Emilien, le Directeur de l'opéra, qui devait décider de tout cela… D'ailleurs, regardait-il le spectacle en ce moment ?

L'ange arriva ensuite à la fin de sa chanson, où il était question de remercier le dieu miséricordieux. Et c'était déjà la fin de la première partie, le rideau se referma pendant que l'orchestre jouait une musique triomphale, de type militaire, qui n'avait d'ailleurs rien à voir avec la chanson précédente.

Le rat regarda autour de lui, les mêmes humains étaient toujours là, tout le monde applaudissait, sauf le couple de mélomanes qui semblait plongé dans un profond sommeil. Krunoka décida une fois encore de partir à la fin de cette première partie, et il fila à son sous-sol en passant sous les rangées de sièges, puis en dévalant l'escalier toujours sans se faire remarquer. Cela l'amusait et l'attristait à la fois de ne pas être vu par les humains, mais dans ses techniques de survie, il avait développé un tel art de la fuite et du camouflage, qu'il passait tout le temps inaperçu. Il médita un peu sur ce sujet, et se dit que peut-être « *il gagnerait à être connu* »…

Et il lui vint une idée. Mais d'abord, boire un peu de petite eau pour se relaxer, parce que, quand même, il n'allait pas « *se terrer comme un rat* » tout le temps comme ça ! Il fallait qu'il se fasse remarquer d'une manière ou d'une autre, peut-être n'écouterait-on jamais sa musique, peut-être même ne rencontrerait-il jamais

Kristina, mais il fallait qu'il montre qu'il existait. Il but une gorgée, et repensa à cet énorme lustre au-dessus de la scène. C'était un magnifique objet, sans doute très lourd, mais était-il correctement fixé au plafond ? Et si oui, comment ? Un projet naquit dans sa petite tête de rongeur, puis il bailla, et décida d'aller se coucher.

Les nuits étant maintenant plus fraiches, il s'enroula dans le pardessus noir, et avant de s'endormir se fixa des projets pour les jours à venir. Le premier était d'aller rôder le lendemain vers les locaux administratifs, pour essayer d'obtenir des renseignements sur Charlotta, et le second était d'aller voir ce fameux grand lustre. Il s'endormit ensuite paisiblement, satisfait de sa journée et de ses nouveaux projets.

Un nouveau jour arriva, et Krunoka se leva, plein d'énergie. Après avoir joué pendant un bon moment du schnok, il quitta son logis au milieu de la matinée pour monter à l'étage supérieur, en direction des bureaux. En passant devant la salle de concert, il vit que les femmes de ménage effectuaient leurs tâches habituelles, et il se cacha comme la dernière fois dans le couloir qui menait au bureau du Directeur. La porte de son bureau était fermée, mais au bout de quelques minutes il vit ressortir Monica, avec un plateau et une tasse de café vide dessus. Il est vrai que nous étions dans le créneau horaire de la « *pause-café* », chère au responsable de l'opéra. Le rat attendit un petit moment, et il eut beaucoup de chance, car c'était au tour de Charlotta de venir voir Monsieur le Directeur. Mais au début, quand Krunoka la vit arriver dans le couloir, il ne la reconnut pas bien, il la confondit presque avec l'une des employées de ménage…

La mine fatiguée, pas maquillée et mal fagotée, elle n'avait plus rien de la diva de la veille, plus rien de la flamboyante guerrière révolutionnaire. Elle frappa à la porte du bureau du Directeur, qui répondit simplement « *oui* », puis elle entra d'un pas nonchalant, sans refermer complètement la porte derrière elle. Krunoka en profita pour s'approcher encore un peu plus, afin de bien entendre et de bien voir l'entretien. Le Directeur Emilien, sans se lever, signifia un bref bonjour et invita la diva à s'asseoir en face de lui. Charlotta retroussa un peu sa jupe, s'assit sur le fauteuil, balaya une mèche de cheveux qui lui obstruait la vue, et s'enquit tout de suite de l'avis du Directeur sur la représentation de la veille. Monsieur Emilien se lissa la moustache, jeta un coup d'œil averti sur l'échancrure du corsage de la cantatrice, et commença à parler.

Le rat, un peu plus loin, avait ainsi la confirmation de la présence du Directeur aux spectacles, et cela lui semblait normal, par rapport à sa fonction. Monsieur le Directeur Emilien dit qu'il « *n'allait pas y aller par quatre chemins* », c'était son expression, et il félicita en premier lieu Charlotta pour sa prestation, puis les chanteurs mâles toujours égaux à eux-mêmes, mais qu'il faudrait se débarrasser au plus vite de cette Kristina. Celle-ci n'apportait rien au spectacle, et de plus, son timbre de voix fluet n'était pas digne de « *l'Art Lyrique* ». Il précisa ensuite le fond de sa pensée en se livrant à des analyses plus ou moins sociologiques, comme : « *le public friand d'opéra a besoin de grandes voix, d'être immédiatement séduit, car même s'il ne comprend rien à la musique, il a besoin d'artistes qui donnent de la voix...* ». L'avis du Directeur résonna immédiatement chez la diva, qui exprima son accord le plus total avec ce décideur si cultivé.

Celui-ci, toujours en lissant sa moustache, se leva et se dirigea vers une armoire un peu plus loin sur sa droite, l'ouvrit et en sortit deux grands verres en cristal, ainsi qu'une bouteille de « *Cognac* ». Jetant un regard malicieux vers la diva, il revint vers elle, posa le tout sur le bureau, et lui proposa un verre qu'elle accepta tout de suite. Krunoka, dans son coin, pensa que si Monica était attitrée à la « *pause-café* », Charlotta l'était peut-être à la « *pause pousse-café* » ? En effet, une fois les verres généreusement remplis, le décideur et la chanteuse trinquèrent « *à la santé de l'Art et de ceux qui l'honorent* ».

La diva avala d'un trait son verre, le reposa, et mis sa main sur celle du Directeur, qui l'orienta vers l'endroit de son pantalon où était sa queue. L'œil brillant, Monsieur Emilien finit à son tour son verre « *cul-sec* », puis commença à dégrafer le corsage de la cantatrice, d'où s'échappèrent deux énormes mamelles. Après les avoir bien palpé, le décideur baissa son pantalon et mit sa queue tendue dans la bouche de la diva, qui, goulûment, commença sa besogne. Le Directeur, dans cette posture, commenta l'attitude de la chanteuse Kristina qui, en plus de ne pas avoir de voix, aurait refusé de se soumettre à son rituel du café. Il expliqua à

Charlotta, qui bien-sûr ne pouvait pas répondre, qu'il s'agissait pour lui d'un véritable affront, et que cette mijaurée le paierait très cher ! Qu'il avait déjà, pour cette raison qu'il estimait être une véritable faute professionnelle, licencié une secrétaire... Quant à la besogne en cours, il ne donna pas d'indication rythmique à la diva, elle était suffisamment musicienne, contrairement à Monica, pour bien faire le job.

Donc pendant que Charlotta s'activait, il déplorait l'attitude des jeunes, leur refus de s'engager, leur manque de professionnalisme, en évoquant « *une époque difficile pour la Culture, avec des artistes qui n'ont pas la Foi ou qui manquent d'un idéal élevé, etc...* ». S'ensuivit un juron, le même qu'à la pause-café, le désormais consacré « *fumiers d'artistes !* » que prononça le Monsieur le Directeur, mettant ainsi fin à son analyse sociologique et au travail en cours. Ensuite, la pause pousse-café terminée, Charlotta s'essuya la bouche, se resservit un verre de cognac et l'engouffra encore d'un trait. Puis, sans mot dire, elle prit congé du Directeur qui remballait son morceau de chair ramolli dans son pantalon.

« *Encore une matinée bien chargée sur le plan professionnel* » estima Emilien, et il se mit en tête de convoquer prochainement l'une des femmes de ménage, chez qui il avait également repéré d'indéniables attraits physiques. Krunoka, ainsi mis au courant du bon fonctionnement d'une entreprise et des obligations incombant à ses employées, s'en retourna à son sous-sol. Il fallait aussi, dans un second temps, qu'il aille voir le grand lustre, ce magnifique ouvrage d'art composé de centaines de petites pièces en verre qui tournaient sur elles-mêmes.

Parvenu chez lui, il s'attrista un peu du comportement des humains, mais surtout de l'avenir de la jeune Kristina, qui ne voulant pas se soumettre à la volonté du Directeur, risquait fort de se retrouver sans travail... Comment pouvait-il l'aider ? Accepterait-elle de chanter pour lui, et si oui, dans quel but ? La confusion s'installait dans sa tête au profit d'un désir de justice... Oui, un brin révolté, un brin amusé, il décida donc « *d'entrer en scène* » à sa façon.

La première chose qu'il fit, fut d'aller chercher le pardessus dans lequel il s'enveloppait pour dormir, puis de l'accommoder à sa morphologie. Il se livra donc à quelques travaux de retouche, et satisfait du résultat, il s'en revêtit. Il alla ensuite se contempler dans un vieux miroir brisé, et ainsi accoutré, trouva qu'il avait une certaine prestance. Ce manteau noir lui seyait bien et lui donnait une certaine classe, aussi fallait-il maintenant se trouver un pseudonyme, une signature en quelque sorte. Après un instant de réflexion, il opta simplement pour la première lettre de son prénom, soit « *K* ».

En réfléchissant encore un peu, il lui revint ces histoires de fantômes, et il choisit de se nommer « *K. fantôme de l'opéra* ». Il en rit intérieurement, mais après tout on était au théâtre... Et la comédie humaine qu'il observait depuis longtemps lui donnait envie d'y tenir, à son tour, un rôle. Vêtu de son manteau, Krunoka, alias le « *fantôme de l'opéra* », se rendit au dernier niveau du bâtiment, dans la salle où étaient situés les éclairages, ainsi que toute une machinerie qui actionnait les panneaux des décors qui montaient et descendaient. Il n'était encore jamais venu ici, et il regarda tout cet ingénieux système qui permettait de changer rapidement de décor sur la scène en dessous. A cette heure-ci, il n'y avait personne qui travaillait, aussi le rat put s'y promener sereinement. Il vit que l'on pouvait accéder aux rampes d'éclairages un peu plus loin par un rail fixé au plafond, permettant l'accès, en tout cas pour un rat, à la fixation du lustre. Il s'engagea donc sur celui-ci, et il valait mieux ne pas avoir le vertige car on était à une certaine hauteur, mais en avançant précautionneusement, Krunoka arriva au système de fixation.

Il y avait là un gros crochet fixé au plafond, et un câble qui allait du crochet au sommet du lustre. Le rat nota au passage que le câble n'était pas en très bon état, et que certains boulons du crochet étaient très desserrés voire manquants, mais c'était somme toute normal, car cet opéra était un très vieux bâtiment. Peut-être aussi que Monsieur le Directeur ne se préoccupait pas beaucoup des aspects techniques du lieu, et préférait d'autres choses...

Quoi qu'il en soit, ce grand lustre risquait fort de tomber un jour... Le rat testa un peu le câble avec ses dents, et s'aperçut qu'il était très oxydé et assez friable. Quelques fils du câble se rompirent d'ailleurs, et le lustre se mit à tanguer un peu. Ensuite, Krunoka tripota les boulons et en desserra quelques-uns le plus possible, mais sans les enlever. Le lustre tangua encore un peu plus, puis il s'immobilisa. A présent, il suffirait de pas grand-chose pour qu'il ne tombe, surtout si le rail bougeait un peu, en cas de changement d'éclairage par exemple. Le rat remarqua aussi que les projecteurs étaient montés sur des roulettes, et circulaient sur le rail en étant actionnés à distance par un humain, le « *machiniste* ». Si les roulettes faisaient trop vibrer le rail, cela risquait d'avoir des répercussions sur la fixation du lustre, pensa t'il…

Krunoka n'était pas un technicien dans l'âme, mais il estima que c'était quand même important d'avoir des notions techniques, de pouvoir bricoler et d'être débrouillard en général. Son petit projet de vengeance ainsi mis au point, il décida de repartir. Ce lustre finirait bien par tomber un jour ou l'autre, et il valait mieux ne pas être dessous à ce moment-là…

Il s'engagea ensuite sur le rail dans l'autre sens, et regagna la salle où opérait le machiniste les soirs de représentation. Une fois arrivé, il s'approcha du panneau de commandes, regarda toutes les manettes, compteurs, boutons, mais il n'y comprit rien. Il vit aussi qu'il y avait aussi un petit carnet avec un stylo posé dans un coin, le mit dans la poche de son manteau, puis descendit à l'étage plus bas.

De là, il aperçut les femmes de ménage qui balayaient la salle de spectacle et époussetaient les fauteuils, et il se rendit directement au balcon où il avait assisté aux spectacles. Le rat prit alors le carnet, puis écrit soigneusement sur une page : « *place réservée, signé : K. fantôme de l'opéra* » et il déposa ce petit-mot sur l'un des fauteuils. Krunoka rejoint ensuite son sous-sol, il était d'humeur joyeuse ce matin-là, et aussitôt lui vint l'idée de composer un « *hymne à la joie* ». Il avait en effet entendu parler d'un humain génial qui en avait écrit un, et lui, pauvre rat, voulait faire sa version. Et peut-être cela plairait-il à Kristina ? Il prit sa bouteille de petite eau, et s'installa au schnok.

L'inspiration fut au rendez-vous, et le rat trouva un thème musical agréable et suffisamment tonique pour exprimer un sentiment de joie. Il faudrait bien sûr encore travailler dessus et le développer, mais c'était déjà un bon début. Il espérait aussi qu'il pourrait le montrer à Kristina, et peut-être même mettre des paroles dessus pour qu'elle puisse l'interpréter, car après tout cela ne coûtait rien de rêver, c'était même la base nécessaire à toute création.

Et dès maintenant, Krunoka attendait d'assister à sa troisième représentation, en se promettant ce coup-ci de regarder et d'écouter jusqu'au bout. Les deux premières représentations auxquelles il avait assisté n'étaient en quelque sorte qu'une « *mise en bouche* », car trop d'émotions l'avaient submergé au cours de celles-ci, mais cette phase préparatoire ainsi faite, il se sentait désormais prêt pour apprécier un spectacle lyrique dans sa totalité. Il avait vu sur le programme que la troisième représentation aurait lieu dans deux jours, avec les mêmes intervenants, à savoir Charlotta et Kristina, et d'autres chanteurs dont il avait oublié le nom. Il espérait aussi que son petit mot posé sur un fauteuil au balcon fasse écho auprès de la Direction, pour qu'elle comprenne qu'un individu avait élu domicile dans l'opéra, et qu'il avait des exigences… Cela le fit sourire, lui le timide et sauvage petit rat, qu'il puisse affirmer un peu sa personnalité dans un lieu si prestigieux !

Justement, l'une des femmes de ménage n'avait pas tardé à découvrir le petit mot mystérieux sur le fauteuil, et elle était en train de frapper à la porte du bureau du Directeur. Celui-ci la fit entrer, bien qu'il n'appréciât guère que les employés de bas niveau viennent s'adresser à lui sans avoir pris rendez-vous. Mais, comme souvent, il n'avait rien à faire et il la laissa entrer. Ce n'était pas celle qu'il convoitait pour lui faire connaître son rituel de la pause-café, mais comme elle avait insisté, il avait finalement accepté.

La femme de ménage, le bout de papier dans une main et le plumeau qui servait à épousseter les fauteuils dans l'autre, exposa donc la raison de sa visite. Elle semblait un peu perturbée, le terme « *fantôme* » écrit sur le papier lui avait fait peur, et elle en fit part à monsieur le Directeur en lui tendant le petit mot. Tout de suite, ce dernier leva les yeux au ciel en pensant qu'il avait affaire à une idiote, et il lui dit que cela devait être une blague, soit du machiniste, soit de l'un des artistes, soit de l'un des spectateurs…

Puis il la congédia sèchement, après avoir mis le papier dans un tiroir de son bureau, sans même le regarder. Décidément, entre les artistes égocentriques et un personnel d'entretien stupide, il n'avait pas le temps de se reposer, et de penser à la créature idéale qui pourrait s'occuper des besoins permanents de sa queue. Pour se détendre, il alla donc chercher sa bouteille de cognac et se servit un verre. Il regrettait presque le temps où il vendait des maisons et des appartements à des gens riches, car au moins avec eux il pouvait développer des stratégies commerciales et autres manipulations mentales. C'était toujours un challenge de négocier avec ces parvenus, tandis qu'ici, à l'opéra, il n'avait affaire la plupart du temps qu'à des artistes interchangeables, ou autres techniciens du spectacle syndiqués… « *Ah les temps sont durs pour les dirigeants, les dominés ne connaîtront jamais les affres du Pouvoir !* » pensa-t-il, en ingurgitant son cognac millésimé.

Le Directeur et chargé des missions culturelles et musicales de la ville et de la région, resté seul dans son bureau, en était donc là dans ses ruminations. Oui, il fallait « *en faire baver* » à tous ces artistes et autres intervenants, mais malheureusement, il savait qu'il n'avait pas beaucoup d'emprise sur les musiciens. Leur chef d'orchestre irascible et puriste était en effet difficile à manipuler, et le Directeur le soupçonnait de penser de lui qu'il ne comprenait strictement rien à la musique, et qu'il gérait cet opéra comme une « *pizzéria* »… En tout cas c'était une insinuation qu'avait faite cet individu, et cela avait fort déplu au Directeur, la seule fois où il avait mis son nez dans les affaires de l'orchestre. Bref, il restait les chanteurs et le petit personnel pour se venger… Puis il se resservit un verre, et l'alcool assouplissant sa pensée, il se souvint de son passage chez un psychiatre qu'il était allé voir pendant quelque temps, après que sa femme l'eut quitté.

S'étant marié à une riche veuve, beaucoup plus âgée que lui à l'époque, celle-ci avait rapidement compris que son nouveau mari était surtout intéressé par son important patrimoine immobilier. Peu de temps après lui avoir passé la bague au doigt, celui qui n'était pas encore Directeur de l'opéra, continuait à courir le jupon et se désintéressait complétement de cette « *vieille décrépite* », ce furent ses mots que l'avocat rapporta par la suite, lors du divorce. La vieille en question, très rusée et bien secondée par l'un de ses nouveaux courtisans, un jeune juriste, le mit à la porte illico et sans ménagement. Cela lui occasionna quelques troubles psychiques, et Emilien s'en fut donc consulter. Dès lors, il expliqua au psychiatre qu'il était d'une nature très sensible, « *artiste dans l'âme* », et qu'il avait le sentiment d'être incompris. Il ordonna au médecin de le soigner au plus vite, car il avait besoin de retrouver toutes ses facultés mentales pour continuer à travailler efficacement. A ce moment-là, il était sur le point de négocier d'importants contrats dans l'immobilier, mais le psychiatre lui répondit « *qu'une thérapie ne se passait pas comme cela* »… Mais que, peut-être, moyennant une augmentation subite de ses honoraires, et le tout payable d'avance en espèces, il ferait « *de son mieux* ».

Les séances de psychanalyse furent donc adaptées à ce cas particulier, et le médecin cerna rapidement l'énergumène. Il lui fit comprendre, au bout de quelques séances seulement, que son patient « *avait développé des pathologies mentales liées à un probable échec par rapport à l'objet de convoitise, (...) »,* c'est-à-dire en gros qu'il était un artiste raté. Cela ne fut pas du tout du goût du commercial en immobilier, et il claqua la porte du cabinet du médecin après l'avoir copieusement injurié. S'il fallait faire dix ans d'études pour dire ça, c'est que vraiment « *le monde tournait à l'envers ! »*. Cet imbécile de médecin avait insinué que son patient n'aurait pas fait assez d'efforts pour jouer de la musique, et puis surtout, qu'en fait, ce n'était pas du tout sa vocation...

Et, de plus, le médecin semblait insister sur le fait qu'il n'y avait pas de regrets à avoir, que le « *cerveau reptilien »* prédominant de son patient ne le prédisposait aucunement à « *tout ce qui est artistique ».* Mais le comble fut atteint quand le psychiatre, l'ayant orienté sur les questions sexuelles, se mit à insinuer que l'instrument de musique dont Emilien voulait jouer, rappelait la forme d'un phallus et n'était qu'un « *substitut ».* Selon lui, ce tube en métal qu'était la flûte et dont il n'arrivait pas à sortir un son, représentait un désir inassouvi, d'où une grande frustration, ce qui risquait d'engendrer plus tard divers comportements pathologiques, comme vouloir dominer les autres, les faire souffrir etc... Lui, le Directeur de l'opéra, un « *psychopathe »,* c'était la meilleure ! Lui qui avait étudié les techniques de management, les stratégies commerciales, le marketing, l'économie... Lui qui s'était rendu dans le pays le plus puissant du monde, là où les gens ont « *tout compris à la vie »,* c'était quand même insensé, qu'ici, de telles personnes comme ce soi-disant médecin puissent avoir pignon sur rue !

Le Directeur se resservit un troisième verre pour apaiser son courroux, et pensa qu'il fallait trouver quelqu'un dans les parages sur qui passer un peu ses nerfs. Cela tombait bien, le machiniste venait d'arriver dans l'opéra, afin de commencer à faire des réglages pour la répétition du lendemain. Il l'interpella dès qu'il le vit passer dans le couloir, et le fit entrer dans son bureau. Tout de suite, en sentant son haleine, le technicien sentit qu'il ne faudrait pas contredire son patron, et il prit place en face de lui. Le patron en question, éméché et passablement énervé, se livra donc à un véritable monologue où il était question de gens diplômés et incompétents, ou bien d'assistés de la société…

Le machiniste, un humain placide, écouta sans broncher, et surtout en essayant de ne pas respirer par le nez, car l'haleine du Directeur, pour ainsi dire, empestait. Il le laissa donc s'exprimer, jusqu'à ce que Monsieur le Directeur eut fini de s'agiter. Une fois calmé, ce dernier expliqua au technicien qu'il voulait qu'on braque le « *projecteur de poursuite* » sur lui, lors de son allocution à la fin de la prochaine représentation. Il voulait en effet faire un discours après avoir présenté tout le monde, mais tenait à ce qu'il soit seul dans le rayon blanc du projecteur. Le machiniste, qui n'avait pas ouvert la bouche pendant tout l'entretien, opina de la tête, et le Directeur Emilien, qui peut-être n'était pas si méchant que ça, lui proposa même un verre de cognac.

Pendant ce temps-là, Krunoka avait bien avancé dans sa composition. Il lui semblait même qu'il tenait là un bon thème musical, et qu'il n'aurait pas honte de le présenter à Kristina dès que possible. Par contre, il ne savait pas comment l'aborder, faudrait-il qu'il aille rôder près des vestiaires des artistes ? C'était envisageable, mais peut-être serait-ce mieux de lui laisser d'abord un petit mot, en le mettant par exemple sous la porte de sa loge. Il alla chercher son carnet, et rédigea cette missive : « *Chère Mademoiselle, vous ne me connaissez pas, mais je suis un grand admirateur et j'aimerais vous rencontrer. Je compose un peu et souhaiterais vous présenter l'une de mes créations. Et encore merci d'illuminer la scène, par votre présence et votre art. Bien à vous...* ».

Et il signa « *K.* » en omettant volontairement de mettre « *fantôme de l'opéra* ». Il se doutait bien, que si jamais elle le rencontrait, elle aurait déjà suffisamment peur d'un rat, pour ne pas en rajouter en mentionnant l'existence d'un fantôme. Ensuite il plia le papier en deux, en écrivant simplement sur l'une des deux faces « *Kristina* », et se dit qu'il irait mettre ce mot cet après-midi sous sa porte, avant de sortir faire des provisions.

Krunoka quitta son sous-sol un peu plus tard, et vit qu'il y avait une répétition dans la grande salle, mais il ne s'attarda pas et se rendit directement vers les loges des artistes. Il trouva celle de Kristina, les noms des artistes étaient écrits sur chacune des portes, et il glissa son mot sous la sienne. Puis il sortit de l'opéra pour aller faire les poubelles. C'était encore et toujours un jour ensoleillé, avec autant de trafic que d'habitude, et il trouva aisément de la nourriture qu'il s'empressa de rapporter chez lui.

Les poubelles du quartier, en raison des nombreux restaurants, ne désemplissaient jamais et cela en devenait presque indécent, estima t'il. Ici au moins, il était assuré de ne jamais mourir de faim jusqu'à la fin de ses jours, mais resterait-il si longtemps ? C'était une question qu'il s'était posée récemment, dans la solitude de son sous-sol, car il savait que l'attrait du voyage pouvait le reprendre à tout moment. Mais pour l'instant, Krunoka se sentait comme investi d'une « *mission* », il voulait vivre son expérience de « *fantôme de l'opéra* », et il espérait aussi faire plus ample connaissance avec la chanteuse. Celle-ci chanterait demain avec Charlotta et les comédiens habituels, dans un opéra intitulé « *Les pêcheurs d'huitres* ». Le rat en avait pris connaissance en regardant le programme sur les affiches placardées dehors, mais ce coup-ci, il resterait jusqu'à la fin de la représentation, et essaierait ensuite d'aborder Kristina. Entretemps, elle aurait sûrement trouvé son petit message, et rien qu'à cette idée, Krunoka en était ému.

Comment réagirait-elle ? Après tout, elle devait avoir l'habitude de recevoir des messages d'admirateurs, mais peut-être pas de la part d'un rat. En y repensant, ce fut un grand tourment pour lui, il en regretta presque son geste et eut envie de s'enfuir, de reprendre le bateau, de retourner voir ce qu'étaient devenus ses amis… Mais il fallait se raisonner, et aller jusqu'au bout de son idée. Le reste de la journée se passa tranquillement, et Krunoka termina sa composition, son « *hymne à la joie* ». Il ne savait pas écrire la musique, alors il nota juste les accords sur son carnet avec des idées de paroles, le reste étant dans sa tête. Le soir, il se régala de victuailles qu'il avait trouvées dans l'après-midi, de morceaux de « *hamburgers* » avec des feuilles de salade et de légumes dedans, et en arrosant tout cela de petite eau, il était maintenant prêt à passer une bonne nuit. Il s'emmitoufla dans son manteau, alla se blottir dans un coin près du schnok, et s'endormit rapidement, des rêves plein la tête.

Il se réveilla assez tard le lendemain matin, peut-être la nourriture absorbée la veille était-elle trop riche, ou bien la petite eau agissait sur lui comme un tranquillisant…

Mais cela faisait du bien de dormir longtemps, sans avoir peur de dangereux humains ou autres prédateurs. Sitôt levé, il établit son plan pour la journée, en commençant par la fin : approcher Kristina après le spectacle, assister au spectacle en entier, jouer du schnok, manger, et pour le moment retourner vadrouiller vers le bureau du Directeur. C'était important de se tenir au courant de ce qui se fomentait ici, notamment sur l'avenir de Kristina. Et il était donc important d'avoir un plan, la survie et la solitude lui ayant enseigné d'avoir toujours des projets, et de tâcher de les réaliser, dans la mesure du possible. Il quitta son sous-sol et s'en alla rôder vers les locaux administratifs. Il s'approcha discrètement du bureau de la Direction, et vit que le responsable de l'opéra était occupé à discuter avec d'autres humains, très bien habillés, et que leur conversation s'articulait autour de la « *communication* ».

Le Directeur parlait en effet de la représentation de ce soir, qui en cas de succès important serait reconduite. Il insista aussi sur la nécessité de sa présence à la fin du spectacle, pour féliciter les artistes, le personnel de l'opéra, et faire des annonces sur les prochaines représentations. Il expliqua aussi à ses interlocuteurs qu'il comptait parler de la politique culturelle qu'il menait pour l'établissement, ainsi que des différentes missions qu'il menait en faveur de la ville et de la région. Ses interlocuteurs acquiesçaient, en argumentant parfois quelques points spécifiques, et le Directeur sembla satisfait de cet échange fructueux. Il leur serra chaleureusement la main à tour de rôle, en leur disant qu'il remerciait les autorités d'avoir dépêché auprès de lui des collaborateurs si impliqués dans la vie culturelle locale.

Le rat, de peur d'être repéré, s'échappa rapidement et réintégra son sous-sol. Cette discussion ne lui avait pas apporté grand-chose, car cela était uniquement lié au domaine des relations professionnelles entre responsables locaux. Il n'en savait donc pas plus au sujet de Kristina, et sur le temps qui lui restait à travailler ici comme chanteuse. Maintenant, et en attendant l'heure de la représentation, il n'y avait plus qu'à manger, faire la sieste, et jouer du schnok, mais il se demanda au passage si son mot laissé sur le fauteuil au balcon avait déjà fait un quelconque effet auprès de la Direction.

IX

Dans l'après-midi, le rat joua donc du schnok, fignola son thème musical, et pour se détendre prit son carnet et se mit à dessiner. Cela faisait une éternité qu'il n'avait pas fait de dessin, et il redécouvrit des sensations qu'il avait complètement oubliées. Il se mit à croquer ce qu'il voyait autour de lui, c'est-à-dire le schnok, la bouteille de petite eau, l'endroit où il vivait depuis déjà quelques mois, puis il s'exerça à faire fonctionner sa mémoire visuelle. Il se souvint de sa chère guitare bricolée, qu'il avait laissée là-bas, de ses amis, et se mit à dessiner tout ça de mémoire. L'habileté revenait au fur et à mesure, et Krunoka éprouvait une grande joie à voir apparaître sous ses yeux ses réalisations. Et il se risqua ensuite à dessiner « *l'objet de son désir* », la chanteuse Kristina, et fut lui-même étonné du résultat !

Cela l'occupa tellement qu'il ne vit pas passer le temps, et il réalisa que l'heure de la représentation approchait. Il mit son carnet qui contenait son thème musical et ses croquis dans la poche de son manteau, et quitta le sous-sol. Parvenu au rez-de-chaussée, il perçut cette ambiance particulière qui lui était devenue familière, et il fila directement au balcon. Son art de la discrétion fonctionna encore, et il arriva à destination sans s'être fait remarqué. Pourtant, il pensait qu'il serait un peu plus visible avec son manteau noir, mais non… Il n'y avait encore personne au balcon, et Krunoka attendit de voir si sa place lui avait été réservée, c'est-à-dire s'il n'y aurait pas d'humain qui s'installerait à l'endroit où il avait laissé le message. Pour le moment, il se cachait dessous ce fauteuil, et entendait un léger brouhaha en dessous, dans la salle de concert. Les spectateurs devaient chercher leurs places en discutant, et les habituels effluves de vieilles fleurs se faisaient sentir.

Puis arrivèrent des humains qui prirent place sur les fauteuils, y compris celui qu'avait réservé le rat. La Direction avait donc complètement ignoré son message, mais il n'était guère étonné, ni vexé d'ailleurs… Pour lui il s'agissait juste d'un test pour voir s'il était capable de faire peur, de se faire un peu remarquer.

Donc, au-dessus de lui un humain s'installa, c'était une femelle, et son compagnon mâle prit place sur le fauteuil voisin. C'était un couple assez jeune, qui eux ne semblaient beaucoup parler, mais qui, comme tous les autres humains amateurs d'opéra, sentaient fort cette odeur de vieilles fleurs. Krunoka pensa que cela devait être une règle pour assister à ce genre de spectacle, et il considéra que lui aussi avait fait un effort d'élégance en mettant son beau manteau noir. Puis un autre couple s'installa un peu plus loin, et le mâle, sitôt assis, se mit à réciter le résumé de la représentation qui devait bientôt débuter. Cet humain et sa compagne n'étaient pas tout à fait identiques aux autres humains, ils avaient une peau jaune, des cheveux très foncés, et on ne voyait pas bien leurs yeux qui étaient étirés sur les côtés. Plus petits et surtout plus minces que la plupart des autres humains, ils semblaient attentifs à tout, et le mâle lisait l'histoire à sa compagne, qui peut-être ne savait pas lire.

Le rat put ainsi en profiter, et il apprit que l'opéra qui allait se jouer, « *Les pêcheurs d'huitres* », contait l'histoire d'humains qui « *partaient, traversaient les mers et les océans pour aller chercher une vie meilleure ou même des trésors. Ils n'arrivaient pas toujours à destination, à cause des tempêtes ou même des sirènes qui les attiraient pour faire couler leurs bateaux. Eux qui, pleins d'espoir et d'énergie, avaient quitté leurs villes ou leurs villages pour conquérir des terres et faire fortune, ce n'était donc pas facile… »*. Krunoka songea qu'il était un peu comme ces humains, qui dans l'espoir d'une vie meilleure, s'embarquaient et partaient à l'aventure. Et ainsi informé, il attendit avec impatience le début du spectacle que l'humain jaune avait eu la gentillesse de présenter.

Justement, une première sonnerie retentit, puis une seconde, et les lumières s'éteignirent. Le rat regarda au passage le grand lustre suspendu à son crochet, qui semblait bien tenir. Puis le chef d'orchestre arriva sous des applaudissements, salua le public en face de lui, se retourna et lança ses musiciens en abaissant son bras droit qui tenait le bâton. Une musique assez puissante se fit entendre, tandis que le grand rideau rouge s'ouvrait sur des décors marins. On voyait au fond de la scène un vieux bateau peint sur une mer apparemment agitée, ainsi qu'un ciel très nuageux. Sur la scène même, il y avait un filet de pêcheur, une table dans un coin avec une bouteille et des verres posés dessus, ainsi que quatre chaises.

Les accents toniques de la musique étaient soutenus par des instruments à vent, qui produisirent un grand effet sur Krunoka. Après avoir découvert la guitare, puis le schnok, il entendait à présent de merveilleux sons soufflés, et pensa qu'un de ces jours il devrait se bricoler un instrument dans ce genre-là. Tandis que les oreilles du rat vibraient à tous ces sons, ses yeux virent ensuite apparaître des humains mâles qui chantaient en chœur. Les paroles disaient qu'il fallait « *braver les flots vaille que vaille, que toutes les tempêtes ne sauraient arrêter leur beau navire, et qu'il faudrait tenir la barre fermement* ». L'un des humains, le capitaine du vaisseau, déclara que « *devant Dieu, il ne renoncerait jamais, et qu'il affronterait les plus hautes vagues qui soient* ». Voilà, c'était le genre de propos chantés par ces viriles voix que le public entendit pendant un bon moment, vantant les valeurs du courage, de l'héroïsme, etc… Et sur cette musique enthousiaste, le chef d'orchestre se livrait à une véritable gymnastique, en remuant les bras, en secouant la tête et en sautant sur place, sans doute pour indiquer aux musiciens l'impulsion qu'il souhaitait donner à l'œuvre.

Sous son fauteuil et derrière le hublot sans vitre, Krunoka regardait ce splendide début de spectacle, puis la musique ralentit progressivement, le chef se calma, et un autre humain mâle entra en scène. Ce dernier, de grande taille, tenait à la main un genre de grosse fourchette, et se mit à chanter qu'il était le « *Dieu de la mer* ». Il raconta des choses aux marins, mais le rat ne comprit pas tout, car si le Dieu de la mer avait une voix très puissante, les paroles qu'il prononçait en revanche étaient un peu avalées, et on ne distinguait pas bien ce qu'il disait.

Ce qui sembla offusquer l'humain jaune des fauteuils voisins, car il se mit à parler dans une langue bizarre en fronçant les sourcils, et il n'avait pas l'air content. Un autre humain un peu plus loin lui dit de se taire, car lui non plus ne semblait pas content que l'humain jaune se mette à parler pendant le spectacle. Ils commencèrent à se disputer, alors que d'autres humains à leur tour leur demandaient de ne pas parler et de ne pas se disputer, « *par respect pour les autres* », puis tout le monde se tut d'un coup. Le rat comprit qu'il ne fallait pas parler pendant une représentation de ce type, et que sans doute l'humain jaune n'était pas bien au courant des règles.

Vint ensuite Charlotta, habillée encore comme une pauvresse et qui clama qu'elle était la femme de l'un des marins, lasse que son mari, en l'occurrence le fier capitaine, ne soit jamais à la maison et « *coure après des chimères* ». Elle chantait que l'attitude de son époux n'était qu'une fuite vaine, et qu'elle le soupçonnait d'avoir des relations avec des femmes dans chaque port. Ce à quoi le principal concerné répondit qu'il désirait juste le bonheur de son épouse, et que sa quête lui permettrait, peut-être, de lui offrir « *mille et un diamants* ». Mais Charlotta ne semblait pas du tout partager cet avis, et le couple se livra ainsi à un beau duo, accompagné par un orchestre décidément impeccable.

Le chef des musiciens donnait l'impression de vivre non seulement la musique, mais également tout ce qui se passait sur scène, tant ses gesticulations étaient éloquentes. Krunoka, littéralement fasciné, et qui développait de plus en plus son sens de la psychologie, pensa que ce dernier, à le voir si impliqué, rencontrait peut-être aussi des problèmes dans son couple. Puis, les autres marins intervinrent pour défendre leur capitaine, qui leur fournissait du travail et dont la vie était beaucoup moins misérable que s'ils étaient restés à terre. Mais Charlotta ne s'en laissait pas conter, et les soupçonnait d'être tous de mauvais maris, de mauvais pères, et qui plus est des hommes pleutres. Et elle s'en prit même au Dieu de la mer, toujours présent mais qui ne disait rien, en le traitant d'escroc.

Donc l'ambiance était plus qu'intense ce soir à l'opéra, et son Directeur, assis au premier rang en compagnie de personnalités locales, pouvait être fier d'une telle représentation. Cette première partie fut magistralement exécutée, les échanges chantés rebondissaient littéralement entre les artistes, qui non seulement donnaient de la voix, mais vivaient aussi cette histoire passionnante avec leur corps, à travers une gestuelle hautement maîtrisée. Puis tout le monde sur scène, le Dieu y compris, chanta en chœur et le rideau rouge se referma, sous un tonnerre qui ne provenait pas du ciel tumultueux peint sur le décor, mais bel et bien des applaudissements. Les lumières se rallumèrent, le grand lustre également mais sans vaciller, et ce fut l'entracte. Les humains se remirent à parler, et beaucoup d'entre eux se levèrent et se dirigèrent vers le hall au rez-de-chaussée. Le couple d'humains jaune resta assis et se mit dialoguer dans sa langue, tandis que le couple au-dessus et à côté du rat ne bougeait pas, ne parlait pas, mais mangeait des bonbons et jetait au fur et à mesure les emballages sur le sol. Krunoka, qui lui non plus ne bougeait pas, voyait ainsi comme une pluie de petits papiers brillants tomber sous ses yeux. Il aperçut cependant par le hublot le Directeur de l'opéra, en bas dans la salle, debout en train de discuter avec d'autres humains. Il tourna ensuite la tête et vit l'humain jaune qui déballait des objets d'une sacoche, et qui, tout en parlant à sa compagne, les assemblait et disposait ce montage sur un trépied devant la rambarde. Puis l'humain jaune expliqua avec de nombreux gestes tout ce qu'il faisait, mais sa compagne ne paraissait pas plus intéressée que ça par toute cette technologie.

La sonnerie retentit à nouveau, et les humains commencèrent à regagner leurs places. De nombreux couples, bras dessus, bras dessous, donnaient littéralement l'impression de se pavaner, et les mouvements qui accompagnaient leurs déploiements d'élégance remuaient encore ces odeurs de vieilles fleurs. Après une seconde sonnerie, le chef des musiciens revint sous les applaudissements, et remit en route l'orchestre qui se mit à jouer une musique souple et allante, sans doute destinée à faire penser aux vagues sur la mer. Le spectacle reprit, et au lever du rideau c'est le Dieu de la mer qui réapparut. Il ouvrit démesurément sa bouche qu'encadrait une barbe très fournie, et donna de la voix. Seul sur la scène avec sa grande fourchette à la main, il déclama d'un ton grave que les mers et les océans déborderaient bientôt à cause de la folie des humains, et que là, il ne pourrait pas y remédier. Il était question dans ses propos de « *réchauffement climatique* », de montée des eaux, de pluies diluviennes, de « *tsunamis* », et qu'à présent il ne pourrait pas tout gérer. Krunoka sursauta quand ce pauvre dieu parla même d'ours qui se noyaient à cause des humains qui avaient provoqué le réchauffement climatique. Décidément, si les humains n'aimaient pas beaucoup les rats, ils n'aimaient pas non plus les ours, à en croire ce dieu apparemment bien affligé… Le dieu se lamentait donc sur son sort, avec toute cette eau dont il ne savait plus quoi faire, quand surgit… Oui le rat ne rêvait pas… Quand surgit Kristina déguisée en sirène !

Et l'orchestre s'arrêta net de jouer, sur un accord presque dissonant. Elle avait une grande queue de poisson, et ses longs cheveux blonds couvraient ses épaules. Elle s'approcha du dieu, et s'efforça de le consoler, mais pour une fois elle n'avait pas sa petite guitare pour s'accompagner en chantant. C'est donc « *a capella* » qu'elle entreprit de le rassurer, et elle lui fit comprendre qu'elle se chargerait de faire disparaître le plus d'humains possible, afin de réduire leurs nuisances sur cette planète. Elle attirerait un maximum de bateaux pour qu'ils s'échouent, mais bien évidemment elle ne pourrait pas « *faire le job* » toute seule. Il lui faudrait de l'aide, avec peut-être lui-même, le Dieu de la mer, qui pourrait par exemple donner quelques coups de fourchette dans les bateaux pour les faire couler…

L'humain jaune qui n'était pas loin de Krunoka, se mit encore à parler dans sa curieuse langue, il semblait content des propos cruels tenus sur scène, ou alors peut-être était-ce la tenue de Kristina qui le troublait ? Quoi qu'il en soit, une fois de plus, il se fit rembarrer par ses voisins, qui eux écoutaient religieusement ce qu'il se passait sur la scène.

Le dieu dit ensuite qu'il prendrait quelques saines mesures pour punir les humains, et la musique, qui s'était arrêtée depuis un bon moment, repartit de manière tonique pour célébrer ces futures actions « *à visée écologique* ». L'opéra pouvait au moins faire comprendre, qu'à défaut de pouvoir compter sur les humains, on pouvait compter sur leurs dieux… Tout cela pouvait donc apparaître comme très positif, car « *tourné vers l'avenir* », et la sirène et le dieu exécutèrent un genre de ballet en chantant. Le chef d'orchestre, carrément surchauffé, recommençait à sauter sur place en faisant des moulinets avec son bâton, tout en regardant avec insistance à la fois ses musiciens et les chanteurs. Peut-être lui aussi se prenait-il pour un dieu, se demanda Krunoka…

Enfin, la fin du second acte arriva, et la musique devint quasiment endiablée pendant que le grand rideau se refermait. Des applaudissements crépitèrent de tous les côtés dans l'enceinte de l'opéra, des gens se levèrent en criant « *bravo, bravo* », la prestation du dieu et de la sirène avait apparemment enchanté le public. Le rat put apercevoir que même Monsieur le Directeur se levait et tapait dans les mains, tandis que les lumières se rallumaient une nouvelle fois. Et en levant un peu les yeux, il vit aussi que le grand lustre avait ce coup-ci beaucoup vacillé…

Il s'ensuivit la même chose qu'après la première partie, les humains ne purent s'empêcher de bouger et de bavarder, le couple au-dessus de lui se remit à manger des bonbons, et l'humain jaune commentait les images et les sons que son matériel technologique avait enregistrés. Krunoka avait pu remarquer que ce dernier filmait vraiment tout, car de loin on voyait sur son dispositif un petit écran briller, et sur celui-ci la réplique de ce qu'il se passait, non seulement sur la scène, mais aussi tout autour. Cet humain jaune était peut-être un « *artiste visuel* », et l'artiste en question se remit à parler sans discontinuer à sa compagne, qui, elle, ne disait toujours rien. Et Krunoka recommença à voir tomber devant lui les petits morceaux de papier brillants.

Puis on en vint au troisième acte après les sonneries, l'extinction des lumières, et le retour du chef d'orchestre sous les applaudissements. On allait donc vers le dénouement de ce « *drame lyrique* », et après les actes précédents, on pouvait s'attendre à quelque chose de « *grand* ». Et c'est avec le retour des marins de la première partie du spectacle, que s'ouvrit le rideau sur une musique énergique. Les décors avaient été changés, les vaillants matelots étaient sur le pont du bateau, et on voyait des haubans peints sur les panneaux du décor.

Il y avait, en plus de la musique, un bruitage qui simulait le son des vagues et du vent, et au-dessus du bateau, un ciel encore plus tourmenté avec des gros nuages sombres. Les marins chantaient que le Dieu de la mer les protégeait et qu'ils arriveraient bientôt sans encombre « *à bon port* ». L'intonation des chanteurs était très assurée, la confiance semblait régner à bord, et le capitaine mimait de tenir fermement la barre, tout en scrutant l'horizon d'un œil d'aigle. Justement, l'un des marins à la proue du navire, déclara peu de temps après d'une voix de baryton qu'il voyait une « *terre à l'horizon* ». A ces mots, l'équipage se mit à chanter en chœur que leurs louanges étaient enfin exaucées, que leur arrivée sur la terre promise serait glorieuse, et le retour chez eux encore plus glorieux. Qu'ils pourraient ainsi satisfaire leurs épouses en les couvrant d'or, et que désormais l'avenir serait radieux, etc…

Un roulement de tambour se fit entendre du côté de l'orchestre, comme pour annoncer un danger imminent, et c'est le Dieu de la mer, en personne, qui apparut à nouveau. Il était accroché par un harnais au-dessus de la scène sur un fond de vagues, et tous les marins tournèrent leurs yeux vers lui. Ils s'arrêtèrent immédiatement de chanter, quand celui-ci, brandissant sa fourchette vers le ciel, ouvrit la bouche et tonna qu'il ne fallait pas trahir l'océan et tous les êtres qui le peuplaient. Les marins restèrent d'abord un peu incrédules, et c'est le capitaine qui s'adressa directement au dieu, pour lui demander des précisions. Un dialogue s'engagea alors entre eux, dans un formidable duo vocal où se succédaient des questions et des réponses. Mais l'un des derniers arguments prononcés par le Dieu de la mer fut qu'il les laisserait bientôt tomber. En effet, il n'avait plus le temps de s'occuper de tout le monde, de tous ces humains qui parcouraient les mers et les océans, en quête de nouveaux territoires à conquérir, et de nouvelles richesses à acquérir. Oui, il pouvait dire qu'il était en quelque sorte « *débordé* ». Car il fallait se rendre à l'évidence, ce n'était pas facile d'être un dieu tous les jours depuis des siècles et des siècles, et il commençait un peu à fatiguer.

Le capitaine lui chanta que les louanges faites aux dieux étaient là pour les encourager, mais la réponse du dieu fut empreinte de colère, comme quoi il se sentait vraiment trahi. Trahi par le comportement des humains qui ne pensaient qu'à eux, polluaient les mers, et qui en plus donnaient du « *fil à retordre* » aux autres dieux, quand par exemple ils se trucidaient entre eux. Il fallait sans cesse intervenir pour « *limiter les dégâts* », alors maintenant, que les humains se débrouillent un peu tous seuls ! Car lui, Dieu de la mer, comptait se reposer un peu…

Et cela tombait mal pour les marins, car une grosse tempête menaçait alors que l'équipage du « *Fier-à-bras* » - c'était le nom du bateau - était sur le point d'accéder enfin à la terre promise ! Le dieu, toujours suspendu à son harnais avec sa fourchette à la main, repartit ensuite en psalmodiant des paroles dans une langue très ancienne à laquelle personne ne comprenait rien. Mais il avait l'air très las, et il fallait craindre que l'on ne puisse plus du tout compter sur lui dans un proche avenir. Le capitaine ne se laissa pas abattre pour autant, et tandis que le dieu s'éloignait, il se mit à l'insulter. Tout cela se passait bien sûr encore en chantant, et le fier marin dit qu'il pourrait se passer sans peine de ce « *mollasson* », qu'il n'avait pas besoin d'un « *pseudo-dieu* », etc… Le dieu à la fourchette ne broncha pas, car il était forcément « *au-dessus de tout ça* », et il disparut de la scène. Le capitaine interpella ensuite ses marins, en leur disant de « *croire en eux* », que toutes ces histoires de dieux étaient des « *foutaises* », et que, comme d'habitude, « *on ne pouvait compter que sur soi* ».

Il y eut soudain une salve d'applaudissements dans la salle, comme si ces dernières phrases faisaient écho dans le public. Krunoka, derrière le hublot de son balcon, aperçut Monsieur le Directeur applaudir énergiquement à cette réplique. Le rat ne comprenait pas bien toutes ces subtilités qu'exprimaient les humains, à savoir des dieux ou pas, se débrouiller tout seul, etc… Lui qui s'était toujours débrouillé seul, il se demanda un instant s'il existait un dieu pour les rats, ou pour les autres animaux… Il faudrait qu'il en parle à Choupiko quand il le reverrait. Cependant, les applaudissements des humains ne durèrent pas longtemps, et l'équipage du Fier-à-bras se remit à chanter en chœur.

Le chant était bien-sûr viril, la musique très rythmique quoiqu'assez mélancolique, et le chef des musiciens devait se sentir un peu comme le capitaine, seul à diriger un fragile vaisseau. Puis l'un des marins fit un solo vocal pour encourager le capitaine, le soutenir, en lui disant qu'il pouvait compter sur ses hommes qui « *en avaient vu d'autres* », qui « *n'étaient pas des mauviettes* », et que l'on affronterait tous ensemble les flots rugissants avec bravoure.

Il y eut ensuite un « *break musical* », les tambours et les percussions de l'orchestre se déchaînèrent en faisant des roulements interminables, seulement appuyés par de courtes interventions des trompettes. Visiblement, on entrait dans la période « *crescendo* » de la pièce, et les décors sur la scène se mirent à bouger. Le machiniste devait actionner les leviers que Krunoka avait vus sur le tableau de bord, là où il avait pris le carnet, pour faire monter et descendre les panneaux. Puis le rat leva un peu les yeux, et vit que cela avait une incidence sur le grand lustre qui bougeait de plus en plus. Heureusement, ce mouvement des panneaux pour simuler la tempête cessa rapidement, et l'équipage du Fier-à-bras sortit glorieux du combat avec les éléments.

Puis, une partie des panneaux fut remplacée par des décors où l'on pouvait voir maintenant les rivages de la fameuse terre promise. « *Oui, on ne pouvait compter que sur soi* » chantaient à présent les marins victorieux, alors que le capitaine tenait la barre tel un empereur, en dirigeant son navire vers la côte qui, à cette distance, paraissait assez rocheuse.

L'orchestre jouait une marche pleine d'entrain qui accompagnait merveilleusement bien les chants, on était à présent débarrassé de cet incapable Dieu de la mer, on avait vaincu les flots rugissants, on approchait de la terre promise, tout allait donc pour le mieux. De plus on serait accueilli de charmante manière…

En effet, le marin à la proue du bateau venait d'apercevoir au loin une ravissante créature sur un rocher, et il informa tout de suite les autres matelots qu'une « *splendide femelle aux cheveux blonds* » était en vue. Cette terre promise réservait sans doute de belles et bonnes surprises… Peut-être y avaient-ils d'autres créatures dans les rochers, les attendant, eux les héros de la mer ? Même le capitaine quitta un instant son gouvernail, rejoignit ses gars à l'avant du bateau, et sortit sa longue-vue pour observer la femelle. Effectivement, il put constater que c'était un beau modèle, jeune et avec de longs cheveux qui couvraient une partie de son buste. « *Alors, Capitaine ?* » demanda l'un des marins, et celui-ci répondit que oui, cette créature était magnifique, et qu'il comptait diriger le Fier-à-bras vers l'endroit où elle se trouvait.

Peut-être accepterait-elle de monter à bord, pour « *passer un agréable petit moment* » avec lui et ses hommes ? Cette femelle ne serait sûrement pas insensible à son héroïsme, et à celui de ses gars. Puis il passa sa longue-vue à chacun des membres de l'équipage qui purent à leur tour apprécier la belle créature.

La musique qui avait cessé depuis un moment, le temps du « *récitatif* » des marins, reprit, et pour la première fois du spectacle, avec des accents romantiques. Le bateau était donc censé avancer au fur et à mesure en direction de la blonde femelle, mais à bord plus personne ne parlait ou ne chantait. Soudain, au loin, se fit entendre le début d'un chant évanescent. Après le déchainement de violence imposé par les flots, un peu de douceur ne faisait pas de mal, et le chant devint de plus en plus distinct aux oreilles des marins. Ces derniers, à présent joyeux d'avoir surmonté la tempête et conscients de leur proche arrivée, s'étaient mis à boire pour fêter l'évènement, et ils entendirent la voix magique leur dire qu'il était temps de se reposer, et de profiter des belles choses que l'existence pouvait offrir. Ce en quoi ils étaient complètement d'accord, et la boisson aidant, impatients d'y goûter.

Mais le capitaine eut un doute, et il avertit ses hommes qu'il fallait se méfier, que peut-être on avait affaire à une « *sirène* ». Krunoka, qui se sentait un peu comme ces marins attirés par la femelle au doux chant, ne comprit pas ce mot, contrairement aux hommes du capitaine. Faisant fi de la hiérarchie, ils l'invitèrent à boire avec eux, alors que celui-ci commençait à tourner la barre pour modifier la trajectoire du bateau. Il refusa, et ses gars, passablement éméchés, décidèrent de venir le chercher pour qu'il trinque avec eux. Le dirigeant du bateau, indigné et énervé, se mit à chanter à son tour, en couvrant la voix de la sirène, et en ordonnant aux matelots de reprendre leurs postes et de cesser tout de suite ces « *enfantillages* ».

Les hommes du Fier-à-bras, qui naviguaient depuis plusieurs semaines, qui avaient affronté une tempête, et qui s'étaient toujours montrés obéissants et respectueux envers leur chef, lui firent comprendre qu'ils n'étaient plus sur la « *même longueur d'onde* » que lui maintenant. On approchait du but, alors ils estimaient qu'il fallait se détendre et « *prendre du bon temps* », et les plus costauds d'entre eux s'en allèrent le chercher. Le capitaine, beaucoup moins musclé, se débattit et lâcha le gouvernail. Le bateau ne dévia pas tout de suite de sa trajectoire, mais quelques instants plus tard, peut-être aussi sous l'effet de courants marins, il prit la direction des rochers où était postée la sirène.

Celle-ci continuait à chanter langoureusement, en se passant une main dans les cheveux, et Krunoka pensa que c'était une bonne actrice aussi, car elle tenait parfaitement son rôle... Quand soudain le capitaine poussa un cri : ses hommes venaient tout simplement de le jeter par-dessus bord, cela ressemblait à une véritable mutinerie ! Bien évidemment, nous étions au théâtre, donc le capitaine simula une chute en roulant sur le sol où étaient dessinées des vagues, puis il disparut derrière la scène. Les marins se mirent alors à entonner un chant de nature révolutionnaire qui parlait de « *ni dieux ni maîtres* », et le contrôle du bateau était désormais entre leurs mains. Pour fêter ce nouvel évènement, ils se remirent à boire et à trinquer pendant que le navire fonçait droit sur les rochers.

A ce stade de la représentation, Il faut l'avouer, et ce n'est pas l'humain jaune très occupé à filmer et photographier le spectacle qui dira le contraire, que la scénographie était extrêmement bien faite. Une juxtaposition permanente des panneaux du décor, ainsi que des éclairages variés très convaincants, permettaient de créer une dynamique, de donner l'illusion d'un mouvement permanent. Il fallait donc rendre hommage au Directeur de l'opéra, de s'être entouré d'excellents professionnels et d'avoir fait des choix artistiques de qualité. Le machiniste, en opérant de la sorte, et à l'approche du « *final* » de cette représentation, ne devait en effet pas chômer. Et tandis que certains des projecteurs allaient et venaient le long des rails, Krunoka put une nouvelle fois voir, là-haut, le grand lustre trembler…

Les hommes du Fier-à-bras célébraient donc leur victoire en buvant et en chantant, quand la sirène disparut tout bonnement. Un subtil effet d'éclairage la fit passer dans l'ombre, et les marins, un instant interloqués par cette disparition subite, se rendirent compte également qu'ils allaient bientôt s'écraser sur les rochers, leurs verres d'alcool à la main. Le chef d'orchestre fit accélérer le tempo aux musiciens, les vents et les percussions prirent le dessus sur le reste des instruments, et la musique se chargea ainsi d'annoncer le drame imminent.

Les chants à bord avaient complètement cessé, et c'est sur une suite d'accords joués « *staccato* », que le Fier-à-bras se fracassa sur les rochers. Un bruitage sonore illustra le crash avec des sons de bois cassé, de métal, de crissements divers et de cris, puis, comme une explosion. Les éclairages furent coupés net, la scène devint noire, et le grand rideau rouge se referma, tandis que l'orchestre sonnait les derniers accords

« *fortissimo* ». Le public hésita un instant à applaudir, on entendit un léger crépitement par-ci par-là, mais le rideau se rouvrit immédiatement et le Dieu de la mer apparut, ne laissant pas le temps aux milliers de mains d'applaudir. Le décor avait été changé en un temps record, car derrière lui il y avait juste le ciel et la mer.

Puis, le dieu à la fourchette se mit à chanter de sa voix sourde et grave, seulement soutenue par quelques cordes de l'orchestre. Dans ce profond et dernier chant, il parla de cosmos, de justice divine, de comportements humains, puis la musique s'arrêta d'un seul coup, et le dieu termina son chant sur une note basse et tenue assez longtemps. C'était fini, et le rideau se ferma.

Le tonnerre d'applaudissements résonna partout dans l'enceinte de l'opéra, une grande partie du public se leva pour taper dans les mains en criant « *bravo* », et le rideau se rouvrit une nouvelle fois. Tous les chanteurs étaient là, alignés et toujours vêtus de leurs costumes, même la sirène qui à présent portait sa queue de poisson dans les bras. Ils se tenaient tous par la main, et saluèrent à maintes reprises le public. Les musiciens dans la fosse applaudissaient, certains agitaient l'archet de leur instrument, quand Monsieur le Directeur de l'opéra entra en scène. Elégant et sûr de lui, les mains jointes dans le dos et le menton relevé, il attendait que les applaudissements diminuent pour prendre la parole.

La troupe des chanteurs-comédiens se retira, et dès que le public eut fini de taper dans les mains, il se mit à parler. Seul sur scène, éclairé dans un halo blanc par le projecteur à poursuite, le Directeur commença par citer les noms de la distribution de cette représentation, puis adressa de nombreux remerciements à des personnalités locales. Il se lança ensuite dans un discours où il était question de volonté, de courage, de surhommes, de dieux, etc…

Tel un professeur, il explicita son opinion sur la pièce à laquelle on venait d'assister, et qui montrait bien des « *forces antagonistes* ». Puis il ramena le discours à lui en se citant comme exemple, et en racontant au passage sa vie, où il vantait des notions de mérite, d'efforts, de respect de la hiérarchie, etc… Lui qui « *n'était parti de rien* », seulement né dans une famille très aisée, et qu'un travail soutenu, après avoir étudié dans une université privée prestigieuse, avait amené là où il en était…

Quand, soudain, on entendit des bruits métalliques, des cliquetis, comme quelque chose qui se déchirait, et tout le monde leva les yeux vers le plafond, sauf le Directeur, qui continuait à parler de lui. Krunoka fut le premier à comprendre ce qu'il se passait, là-haut, et c'était très simple : le grand lustre était en train de se décrocher. Le projecteur de poursuite qui glorifiait plus bas le Directeur, avait provoqué la probable fin de vie du lustre, et peut-être aussi de ceux qui allaient expressément le recevoir sur la tête. Une agitation subite se manifesta dans la salle quand les humains prirent conscience de ce qu'il allait se passer, et tous essayèrent de s'enfuir.

Mais le lustre s'était bel et bien décroché, et il descendait à présent à très grande vitesse. Au balcon, l'humain jaune poussa une exclamation et braqua son dispositif pour filmer « *en direct* » l'évènement, ce qui aiderait d'ailleurs l'enquête policière par la suite.

Le Directeur de l'opéra en prit conscience à son tour, quand, passablement énervé que personne ne prête attention à ce qu'il disait, leva les yeux vers le plafond… Mais c'était trop tard, l'essentiel du grand et somptueux lustre était déjà tombé sur lui. Monsieur le Directeur Emilien, fut pour ainsi dire « *écrabouillé* » par un ouvrage d'art, sans avoir le temps de réaliser ce qui lui arrivait. D'un point de vue purement technique, et comme l'avait remarqué Krunoka, l'installation du lustre était très ancienne, et le rail où étaient fixés les différents éclairages avait tendance à provoquer beaucoup de vibrations sur sa fixation.

Déboulonnage progressif de celle-ci, usure du câble, usage trop important du gros projecteur à poursuite, tout cela avait donc occasionné la chute de ce très lourd et néanmoins très bel objet. De plus, le rail avait même fini par se tordre et se décrocher en partie, aiguillant ainsi le lustre davantage en direction de la scène que de la salle. Des « *experts* » purent constater cela plus tard, comme l'avait constaté plus tôt le rat non-expert. Et inutile de dire que ce fut la panique, les humains s'enfuirent à toutes jambes, en se bousculant et en s'insultant au passage, ou même en se marchant dessus… Il y eut ainsi quelques blessés collatéraux, mais le seul qui perdit vraiment la vie fut donc Emilien, le Directeur de l'opéra. Les secours furent rapidement sur place, on transporta quelques corps sanguinolents dus aux éclats de verre des pendentifs du lustre, et on mit « *sous assistance psychologique* » quelques autres humains qui se déclaraient « *très choqués* ».

Sur la scène même trônait la grosse lampe qui n'était pas complètement cassée, mais qui avait juste quelques branches tordues, ainsi que beaucoup de ses nombreux pendentifs décrochés et éparpillés tout autour. Sous ce bel objet, on pouvait apercevoir des pieds chaussés d'une grande marque de maroquinerie, et une importante mare de sang dont la couleur rappelait celle du rideau de scène. Pendant ce temps, sur le balcon où était Krunoka, l'humain jaune filmait, « *zoomait* », et continuait à tout enregistrer. Mais le rat eut à son tour envie de bouger, et il s'échappa de dessous son fauteuil pour aller vers les vestiaires des artistes, sa « *mission* » n'étant pas terminée…

Dans la foule, on allait encore moins le remarquer, car tout le monde était très éprouvé par ce drame, et il se faufila au beau milieu de pieds, de jambes, de longues jupes, et de ces éternelles odeurs de vieilles fleurs. Il arriva sans mal vers les loges des artistes, et vit dans le couloir que quelques chanteurs-acteurs, ayant appris la nouvelle de la mort du Directeur, s'étaient réunis en une « *cellule de crise* » improvisée, c'est-à-dire qu'ils se consolaient mutuellement. Le rat ne voyant pas Kristina avec eux, il en déduit qu'elle était peut-être dans sa loge, et il se dirigea aussitôt vers celle-ci. Il ne s'était pas trompé, et en poussant sa porte qui n'était pas fermée, il vit de dos la chanteuse devant sa glace en train de se démaquiller.

X

L'émotion le paralysa presque, ça y est, il était devant la divine artiste. Il ne bougeait plus, une main dans la poche de son manteau, prêt à lui montrer sa mélodie et ses dessins, mais à vrai dire, il se sentait complètement ridicule. Toute sa timidité, tous ses complexes se manifestaient en lui, et il était sur le point de faire demi-tour et de s'enfuir, quand, la chanteuse, le voyant dans son miroir, ébaucha un petit sourire.

Elle se retourna, et dit simplement « *bonjour, petit rat* ! ». Kristina n'avait plus son costume de scène, elle était très simplement vêtue, et des humains à l'esprit critique ou sans doute fort jaloux, l'auraient sûrement qualifiée de « *pauvre fille* », ou de « *paysanne* » en la voyant habillée ainsi.

Et la sorte de manteau dans lequel était engoncé le rat, ne l'avantageait pas spécialement non plus car il ressemblait à un genre d'aubergine flétrie… Mais peut-être s'agissait-il d'une séquence de rencontre davantage liée à une « *connexion des âmes* », plutôt qu'à une séduction basée sur les apparences ? Car cela sembla fonctionner, et la « *belle* » n'eut pas peur de la « *bête* ». La bête en question, minuscule par rapport à la taille de la belle, assez grande et mince, fut vraiment étonnée.

Krunoka ne s'attendait pas en effet à être reçu de la sorte, il avait tellement l'habitude d'être chassé, pourchassé, ignoré, qu'il se sentit à ce moment-là laid, horrible, indigne de vivre presque, face à tant de beauté…

Il restait donc là, immobile comme une statue, sans dire un mot, quand la belle lui demanda comment il s'appelait. Incapable d'émettre un son, seule la première lettre de son nom réussit à sortir de sa bouche, et la chanteuse comprit immédiatement. « *Approche-toi…* » lui dit-elle gentiment, et le rat, tout penaud dans son pauvre petit manteau noir, la tête basse, alla vers elle.

Dans le couloir à côté, on entendait des humains parler, et certains même sanglotaient. La plupart des artistes ici présents étaient vraiment navrés de ce qu'il venait de se passer, même s'ils ne portaient pas spécialement le Directeur dans leurs cœurs. Peut-être aussi étaient-ils plus inquiets pour leur avenir, que réellement affectés par la disparition de leur employeur ? Ils étaient suffisamment expérimentés dans le domaine musical, mais aussi dans celui de la vie, pour se savoir interchangeables, ouvriers artistes d'une saison, taillables et corvéables à merci. Charlotta, qui n'avait pas quitté son costume de scène, semblait dubitative, ou peut-être regrettait-elle déjà les fameuses pauses-café ? Mais surtout elle prenait de l'âge, et savait pertinemment que retrouver du travail ne serait pas aisé. On n'était qu'au début de la saison lyrique et cela jetait un froid, et surtout beaucoup d'incertitude sur la suite des représentations. Dans la salle, tandis que les secours dégageaient le corps du malheureux Directeur, quelques humains affublés d'un brassard sur lequel était écrit « *police* » s'activaient un peu partout « *à la recherche d'indices* », et interrogeaient le machiniste, premier responsable de ce drame. Celui-ci, encore sous le choc, balbutiait des mots aux zélés enquêteurs comme : « *je ne comprends pas, je fais ce métier depuis trente ans* ». Les personnalités locales n'avaient pas encore quitté les lieux, et disaient, comme si elles s'apprêtaient à faire un discours solennel, qu'elles avaient perdu « *l'un des leurs, un grand homme, passionné, cultivé et pragmatique, etc... »*. La police s'empara aussi des enregistrements filmés de l'humain jaune, qui était ravi de collaborer avec les autorités, « *immensément honoré* » - c'était ses mots - que l'on s'intéresse enfin à ce qu'il faisait. Ces séquences vidéo seraient en effet passées en boucle sur tous les écrans du monde, dans les jours suivants... Car nous étions dans le « *siècle de l'information et de la communication* », et de la toute-puissance médiatique, il était donc crucial de donner en pâture toutes sortes d'évènements, et bien évidemment d'en retirer un maximum d'argent.

Bref, la salle de concert de l'opéra se vida peu à peu, et on emmena la dépouille d'Emilien, après l'avoir extirpée de dessous le lustre, et après l'avoir mise dans une housse blanche. On éteignit les lumières dans cette partie du bâtiment, et les enquêteurs se dirigèrent vers les loges des artistes afin de rassembler des « *éléments d'informations complémentaires* ».

Pendant ce temps, Kristina et Krunoka faisaient connaissance, la chanteuse avait invité le rat à s'asseoir en face d'elle, et celui-ci réussit à lui dire son nom en entier. Puis il commença à lui raconter sa vie, ses voyages, ses amis et son amour de la musique. Il était d'ailleurs sur le point de lui montrer ses croquis musicaux et picturaux, quand des bruits de pas et de voix se firent entendre dans le couloir. Les enquêteurs frappèrent à la porte, et sans même attendre la réponse, firent irruption dans la loge. Le rat eut juste le temps de se réfugier derrière le miroir, quand quatre humains vêtus de noir avec un morceau de tissu fluorescent au bras, se tenaient déjà autour de Kristina. L'un d'eux, le plus petit, au cheveu rare et à l'œil perçant, se mit immédiatement à lui poser des questions comme : « *de quel pays venez-vous ?* », ou : « *quelle était la nature de vos relations avec le Directeur ?* ». Elle répondit à toutes les questions, calmement, l'enquêteur en chef prit des notes, et ce fut tout. Ils repartirent comme ils étaient venus, froidement.

Le rat ressortit de derrière le miroir, et Kristina lui fit comprendre qu'il ne pouvait pas rester là. Krunoka lui proposa timidement de venir le voir au sous-sol dès qu'elle le pourrait, et celle-ci, miraculeusement, accepta. Le rat infiniment content, la regarda un instant avec des yeux débordants d'amour, et Kristina passa sa main sur sa petite tête entre ses oreilles, et dit : « *K... comme Krunoka* ». A ce moment-là, le cœur du rat aurait pu s'arrêter de battre tellement son rythme était élevé, mais il se laissa caresser, et la chanteuse lui dit de retourner vite dans son sous-sol, qu'elle passerait le voir bientôt.

Les jours qui suivirent furent assez agités à l'opéra. D'abord il fallut s'occuper du lustre, l'enlever, faire des travaux au plafond, vérifier les installations, et ce fut donc un va et vient incessant d'humains se présentant comme des spécialistes ou des experts. Certains vinrent même au sous-sol pour voir le matériel et les accessoires entreposés, et au besoin, faire le tri, ranger, etc… Ce qui bien-sûr effraya Krunoka, que l'on finisse enfin par découvrir sa présence. Désormais, il se sentait moins tranquille ici, faudrait-il à nouveau partir ? Le rat y pensait de plus en plus sérieusement, il avait vécu ce qu'il voulait vivre, vu des spectacles incroyables, et avait encore appris tant de choses sur les humains, mais il y avait Kristina…

On nomma un nouveau directeur à titre provisoire, pour prendre en charge les affaires de l'opéra et des missions culturelles de la ville et de la région. Celui-ci était un *« ecclésiastique »*, c'est-à-dire quelqu'un qui s'occupe des affaires de dieu ou assimilé, comprit le rat. Cet humain, très âgé et paraît-il très cultivé, était de grande taille avec une légère bosse dans le dos, et depuis très longtemps, gérait administrativement et spirituellement un couvent. Il avait donc l'habitude de la gestion des êtres et des choses, et lors de sa prise de fonction, il convoqua les artistes et l'ensemble du personnel pour se présenter. Le rat assista discrètement à cette réunion, et apprit que le nouveau Directeur était un *« grand mélomane »*, qu'il ferait de son mieux pour exercer sa fonction, et que les prochaines représentations n'étaient pas annulées mais juste reportées, pour cause de travaux. Il ajouta, en détaillant la physionomie de certaines femelles présentes à la réunion, qu'il appréciait également beaucoup le café, car celui-ci lui permettait de *« se tenir en éveil »*. Il fit ainsi la connaissance de la secrétaire Monica, qui était bien-sûr effondrée d'avoir appris la terrible nouvelle. Mais le saint homme connaissait les mots pour rassurer, « *établir un climat de confiance* » et il souhaita avoir un « *entretien approfondi* » avec elle. Elle ne lui cacha pas son émotion, se tarit d'éloges sur l'ancien Directeur, et s'épancha aussi sur sa vie personnelle.

L'ecclésiastique, qui se prénommait Auguste, l'écouta avec attention raconter son parcours, se contentant seulement de hocher la tête de temps en temps. Fort d'une longue expérience auprès de la gent féminine du couvent, qu'il avait éduquée, formée - et parfois plus - à s'ouvrir l'esprit aux « *grâces divines* », il put ainsi se faire une idée précise de celle qui allait être désormais sa collaboratrice. N'étant qu'un Directeur intérimaire, et donc ne sachant pas pour combien de temps il était là, il fit comprendre à Monica qu'il souhaitait que leur relation soit la plus harmonieuse possible. La secrétaire déclara à son tour que si elle avait perdu un « *ami* » et un « *formidable employeur* », elle retrouvait dans la personne du nouveau Directeur comme « *un père* », et un « *guide spirituel* ». En effet, au cours de l'entretien, le Directeur Auguste n'avait pas manqué d'appuyer certains points, concernant la soumission à Dieu et à ceux qui le représentent, en lui demandant à ce titre d'être ponctuelle chaque matin, et de lui apporter également un « *bon café* ».

Monica, en détaillant le prêtre de bas en haut, lui répondit que « *sa satisfaction serait la sienne* », et le saint homme, dont les yeux se mirent soudainement à briller, la raccompagna à la porte de son bureau, en ne manquant pas de reluquer à son tour le physique de celle qui allait être sa dévouée secrétaire.

Quant à Krunoka, il reçut la visite de Kristina deux ou trois jours après le drame, à un moment où il s'y attendait le moins. Il était en effet en train de jouer du schnok, et il ne la vit pas arriver. Marchant sur la pointe des pieds pour ne pas le déranger, elle vint s'asseoir à côté de lui, sur le banc devant le clavier, et le rat, en la voyant d'un coup, sursauta, rougit, et rata ses derniers accords. Kristina lui offrit en retour un magnifique sourire, lui dit simplement « *bonjour* », et l'encouragea à continuer de jouer. C'était l'occasion de lui montrer sans plus tarder son « *hymne à la joie* », et il se lança de toute son âme dans son morceau, en fredonnant les paroles qu'il avait écrites pour elle. La chanteuse écouta le rat-compositeur avec bienveillance, un petit sourire au coin des lèvres, et applaudit quand il eut fini de jouer.

Jamais Krunoka ne s'était senti aussi inondé d'un tel bonheur : Un humain s'intéressant à lui, à ce qu'il faisait, était tout bonnement inimaginable, mais en plus, venant d'une jeune et ravissante chanteuse… Les mots lui manquaient, et il estima qu'après une telle émotion, il pouvait mourir, que la vie lui avait enfin offert la plus belle chose qui soit, « *l'amour* », la chose dont tout le monde parle sans vraiment savoir ce que c'est.

Ensuite, Kristina entreprit de raconter sa vie au rat, qui était littéralement en état de contemplation devant elle. D'abord, elle lui dit d'où elle venait, et le rat comprit qu'elle était du même pays qu'Inkrustine et Choupiko, et il se risqua au passage à lui demander si elle connaissait la petite eau. « *Bien-sûr !* » répondit-elle en riant, et elle avoua même en boire une lampée avant de rentrer sur scène, pour « *s'éclaircir la voix* » et se donner du courage…

Aussitôt, Krunoka s'empressa d'aller chercher sa bouteille, cachée juste derrière le schnok. Et après avoir bu chacun son tour à la bouteille, Kristina continua son récit en racontant que « *petite fille* », c'est un oncle musicien qui lui avait appris la musique, car elle était orpheline. Il l'emmenait souvent avec elle se promener dans la campagne, et il lui disait de bien écouter le chant des oiseaux, ainsi que tous les sons de la nature, car selon lui, la vraie musique était là. Lui-même jouait de plusieurs instruments en « *autodidacte* », et il lui avait appris les bases pour jouer et chanter.

Un peu plus tard, elle avait suivi une formation en art lyrique, et elle venait de se lancer dans une « *carrière d'artiste* ». Aussi fallait-il accepter n'importe quel job, et elle avait même été saltimbanque pendant un moment. Puis un jour, alors qu'elle chantait et dansait dans la rue, un humain mâle, très galant et plus âgé qu'elle, l'avait abordée. Ce monsieur cherchait constamment des « *nouveaux talents* », et il lui avait proposé de se produire dans son petit théâtre. Elle avait accepté, car cela était amusant de jouer la comédie, du moins au début, parce qu'ensuite ça avait un peu dégénéré. Le galant humain avait en effet des « *vues sur elle* », et elle avait dû quitter le théâtre précipitamment.

Le « *vieux barbot* » comme l'appelaient les autres comédiens, aimait en effet « *la chair fraîche* », et il aurait tenté d'abuser d'elle après une répétition, comme il le faisait souvent avec d'autres comédiennes. Kristina s'était débattue, l'avait giflé même, puis s'était enfuie. Depuis, il la recherchait, et serait même venu plusieurs fois à l'opéra quand il avait appris qu'elle s'y produisait. C'était devenu difficile pour elle, entre le vieux barbot qui la traquait, et le Directeur de l'opéra qui n'était pas content qu'elle ne souscrive pas à son rituel de la pause-café. Et elle ne savait encore rien sur le nouveau Directeur, l'ecclésiastique, mais à première vue, il ne lui inspirait pas confiance.

Le rat prit la parole, et un peu timidement, expliqua à Kristina qu'il avait entendu l'ecclésiastique s'exprimer sur le sujet lié au « *café* », et qu'il disait beaucoup l'apprécier… Une larme coula alors sur la joue de la chanteuse. Elle qui était si enjouée, si souriante jusqu'à présent, son visage devint très triste d'un coup. Krunoka fondit littéralement en la voyant ainsi, et il se blottit contre elle. Il aurait aimé être un chat à ce moment-là, pour lui montrer toute son affection en « *ronronnant* », mais il se contenta de poser sa petite patte sur sa main.

Le visage de Kristina s'éclaira un peu, elle sécha sa larme de son autre main, puis regarda le rat. « *Le milieu du spectacle est le pire qui soit, les hommes ne sont que des cochons qui ne pensent qu'à ça et à l'argent !* » dit-elle, avec son charmant accent. Le rat ne comprit pas bien pourquoi elle parlait subitement des cochons, après tout, ces animaux avaient beaucoup plus de noblesse que la plupart des humains, mais il se garda d'intervenir. Il pensa aussi que l'attitude des humains n'était pas spécifique aux entreprises dites « *culturelles* », comme l'opéra ou autres, mais à tous les types de structures, qui montraient souvent des humains avides de pouvoir et d'argent. Et elle poursuivit, en disant qu'elle voulait rentrer dans son pays, dans sa campagne, retourner écouter le chant des oiseaux, loin de « *ce monde de dingues* ». Elle n'avait pas de famille, seulement cet oncle qui prenait de l'âge, et elle voulait le revoir « *avant qu'il ne s'en aille* ». Le rat était très ému de ces confessions, il pensa que la vie de cette artiste ressemblait un peu à la sienne…

Jamais tranquille, toujours pourchassée, et il s'enquit de savoir de quelle ville ou village elle venait. La chanteuse lui dit le nom, mais cela ne disait rien à Krunoka, alors elle lui décrit les paysages, comment étaient les humains là-bas, leurs habitudes dont notamment la petite eau, etc… Il eut ainsi la confirmation qu'elle venait de la même région qu'Inkrustine et Choupiko.

A son tour, il lui raconta son voyage en bateau, la maison dans la forêt, ses rencontres, et un autre drame qui s'était peut-être joué là-bas, puis sa fuite et sa présence ici, dans l'opéra. Il lui dit aussi qu'il voulait y retourner, qu'il voulait savoir ce qu'étaient devenus ses amis, et puis qu'il n'avait plus rien à faire ici.

L'accord entre les deux « *parias* » ne fut pas long à se mettre en place, et ils décidèrent de partir ensemble dès le lendemain. Kristina devait rassembler quelques effets personnels, et rendre les clefs de la chambre qu'elle louait chez « *une vieille dame très gentille* ». Krunoka n'avait que son manteau noir à emporter, car il savait que les températures étaient plus basses là où ils allaient, et de plus il s'aperçut qu'il y retournait à la même saison que l'année précédente, c'est-à-dire à l'automne qui maintenant débutait.

On était en fin d'après-midi, la chanteuse prit congé du rat et lui donna rendez-vous le lendemain matin, ici même. Le rat avait du mal à se remettre de toutes ces émotions, il resta un long moment assis sur le banc du schnok, car dans sa tête et dans son cœur c'était un mélange de joie, de doutes et de mélancolie. De joie d'avoir rencontré Kristina, de doutes de retrouver ses amis, et de mélancolie d'observer le monde des humains… Mais il ne fallait pas « *se laisser aller* », et il se remit à jouer son « *hymne à la joie* », sans doute pour la dernière fois sur ce bon vieux schnok !

Le matin du jour suivant arriva vite, et Kristina vint chercher le rat à son sous-sol. Elle portait un « *sac à dos* » et était chaussée de grosses chaussures blanches, qu'elle définit comme étant des « *baskets* », quand elle se rendit compte de la curiosité que cela suscitait chez le rat. Elle lui proposa ensuite de prendre place dans l'une des poches de son sac, et d'aller sur le port attendre le prochain bateau. Krunoka grimpa donc dans une poche latérale, et c'était une chose pour le moins inhabituelle de se retrouver ainsi dans le bagage d'un être humain ! Installé sur quelques vêtements savamment pliés pour « *gagner de la place* », il pouvait à l'occasion laisser sortir sa tête, et regarder un peu dehors. Il remarqua que l'odeur qui se dégageait des vêtements sentait celles des fleurs du printemps, et devait apprendre par la suite qu'au même titre que les odeurs de vieilles fleurs qu'il avait pu respirer à l'opéra, cela s'appelait du « *parfum* ».

Les humains aimaient s'en asperger pour « *les grandes occasions* », ou simplement dès qu'ils sortaient de chez eux, pour « *aller au travail* » par exemple. Cela faisait partie de ce qu'ils appelaient des « *codes de séduction* », et affirmaient, qu'en général, c'était important de savoir « *se mettre en valeur* ». En l'occurrence, le rat apprécia de renifler ce parfum qui parvenait à son museau, mais avant tout parce que c'était Kristina, car comme tous les rats son odorat était très sensible.

Ils traversèrent ainsi quelques rues, la chanteuse affichait un très bon rythme de marche à pied, et ils arrivèrent rapidement au port.

Il était encore assez tôt ce matin, et Kristina informa son compagnon qu'elle devait se rendre dans des locaux proches du port pour un prendre un « *titre de transport* », car il y avait un départ bientôt, et elle voulait réserver sa place. Bien entendu, le rat faisait en quelque sorte « *partie des bagages* », et donc une seule place suffirait. Ensuite, il fallait attendre quelques heures avant d'embarquer, et elle se dirigea vers un genre de hangar baptisé « *hall d'attente* », où les voyageurs devaient patienter avant d'embarquer. Une fois dans le hall,

Kristina s'assit sur l'un des sièges, posa le sac à ses pieds, et Krunoka sortit un peu sa tête pour voir où il se trouvait. Il vit que de nombreux autres humains attendaient aussi, et la plupart étaient occupés à consulter leurs téléphones portables. Certains somnolaient assis, d'autres plus âgés lisaient des livres ou des magazines. Juste à côté de lui et Kristina, un couple d'humains discutait tout en *« pianotant »*, eux-aussi, sur leurs téléphones.

Ces deux humains, mâle et femelle, échangeaient des opinions sur des produits de consommation qu'ils apercevaient sur leurs écrans, en comparant les prix, les marques, et bien-sûr qu'ils comptaient acheter. Ils discutèrent ainsi pendant un bon moment, au sujet de telle ou telle *« application »* nécessaire pour *« acheter en ligne »*, écouter des milliers de chansons, ou aller sur des *« réseaux sociaux »*.

Krunoka ne comprenait rien à tout ce charabia, mais surtout pourquoi tous ces humains passaient tant de temps avec cet objet, et il en déduit une fois de plus qu'ils s'ennuyaient, ou qu'ils remplissaient le vide de leurs existences en consommant beaucoup.

Et Kristina sortit à son tour son téléphone portable... Cela fit sourire le rat, puis il rentra sa tête, se cala dans la poche, et il entreprit de dormir. Il se réveilla un peu plus tard, réveillé par des sons électroniques et des voix enregistrées à résonance métallique. Tout de suite il pensa que l'on était sur le départ, mais en ressortant la tête, il vit que c'était le téléphone de Kristina qui émettait ces sons bizarres. Cette dernière, pour *« tuer le temps* », jouait à un jeu sur son téléphone qui faisait différents bruits, selon qu'elle gagnait ou perdait…

Puis retentit une vraie voix humaine, qui signala dans les haut-parleurs que les passagers pouvaient monter dans le bateau.

Le rat replongea dans sa poche, Kristina remballa son téléphone, prit son sac, se leva, et se dirigea vers la zone d'embarquement. Krunoka entendit tout un tas de voix dehors, des bruits de portes qui s'ouvrent et se ferment, et au bout d'un moment, un calme relatif alors que le sac venait de se stabiliser. Le « *couple* » n'avait pas beaucoup communiqué depuis leur départ de l'opéra, et ce n'est qu'une fois parvenu dans la cabine qu'avait réservée la chanteuse qu'ils se mirent à discuter.

Kristina lui expliqua où on était, qu'il fallait rester très discret, mais qu'elle l'emmènerait quand même sur le pont du bateau cet après-midi pour voir la mer. En attendant, le rat sortit du sac et se promena un peu pour se dégourdir les pattes. Dans la cabine, il y avait deux lits superposés, une petite table et un « *coin salle de bain-wc* ». La chanteuse déballa ses vêtements et ses affaires de toilette, en souhaitant que la deuxième couchette ne soit pas occupée par un autre passager, puis elle annonça au rat qu'elle allait chercher à manger. Elle le prévint de se réfugier vite dans le sac à dos si une autre personne venait à s'installer dans la cabine, puis elle revint peu de temps après, les bras chargés de sacs en papier remplis de victuailles. Elle demanda, non sans humour, ce que le rat mangeait, et il eut droit à de délicieux restes de poisson frit, de pain et de fruits. Et le bateau se mit en marche, et par chance, apparemment personne d'autre ne viendrait plus dans la cabine.

Dans l'après-midi, ils se rendirent donc sur le pont, Krunoka de sa poche du sac à dos sortit un peu la tête, et tous deux contemplèrent la mer. Le rat ne l'avait jamais vue autrement que du rivage, et il fut impressionné par cette étendue mouvante, avec par moment d'impressionnantes vagues.

Un léger vent soufflait, et de nombreux oiseaux blancs accompagnèrent le navire pendant tout le temps où il s'éloignait de la côte. Il fallait compter deux jours et deux nuits de voyage lui avait dit Kristina, et le rat se souvint qu'il avait complètement perdu la notion du temps, les fois où il avait fait ce trajet dans la cale du bateau. Mais ce voyage-là se passa très rapidement, et évidemment dans de meilleures conditions. C'était un vrai bonheur d'être en compagnie de Kristina, qui était toujours d'humeur égale, et qui fredonnait des airs tout le temps. Elle n'était pas du genre bavard, mais adressait souvent des sourires au petit rat, sans rien dire. Cela tombait rien, ce dernier n'était pas du genre bavard non plus, et une entente tacite s'était ainsi établie entre eux.

Le deuxième jour au soir, Krunoka expliqua et décrit à la chanteuse où habitaient ses amis, le trajet qu'il avait effectué à l'aller dans le camion de légumes, et le village où ils résidaient. Kristina situa les lieux, et lui dit qu'ils prendraient un bus pour s'y rendre, sitôt débarqués. Elle serait enchantée de faire la connaissance de ses amis, et souhaitait également qu'il l'accompagne voir son oncle par la suite. La fin du voyage s'effectua tranquillement,

Krunoka passa ses deux nuits sur la couchette du dessus, et pour lui c'était un luxe incommensurable de ne pas vivre en perpétuel état d'alerte, qui plus est en si charmante compagnie !

Au fond de lui, il savait bien qu'il n'était qu'un rat, et qu'il ne serait jamais qu'un « *animal de compagnie* » pour Kristina, mais il avait entendu une fois le nouveau Directeur de l'opéra dire, lors de son entretien avec la secrétaire Monica : « *il faut cueillir les fleurs lorsque Dieu nous les donne* », et depuis il méditait sur cette citation. Il se doutait bien que la belle chanteuse rencontrerait un jour un humain mâle, et que lui, pauvre rat, passerait du coup au second plan... Mais en attendant, il fallait profiter de cette chance et du bonheur que la vie lui offrait !

La seconde nuit, il fit de nombreux rêves où tout se mélangeait, des résidus de scènes des représentations à l'opéra, des conversations qu'il avait entendues dans le bureau de la Direction, et bien entendu ce grand lustre qui arrivait droit dessus sur le Directeur. Et il revit ses yeux effarés, et puis encore le voisin au balcon, l'humain jaune qui, tout à son art, filmait le drame... Il se réveilla en sursaut au milieu de la nuit, mais se raisonna rapidement et pour se calmer, il se mit à contempler la chanteuse qui dormait sur le lit en dessous.

Krunoka trouva qu'elle ressemblait à ces peintures qu'il avait vues une fois dans une maison construite pour un Dieu, une « *église* » comme disent les humains, et où il s'était réfugié alors qu'il était poursuivi par d'autres rats. Ceux-ci n'avaient pas apprécié qu'il fasse les poubelles sur ce qu'ils considéraient comme « *leur territoire* », et l'avaient pris en chasse pour le « *corriger* », mais avaient ensuite perdu sa trace quand il était rentré dans l'église. Ces peintures représentaient dans de gracieuses positions des magnifiques et jeunes femelles, aux cheveux longs et ondulés, et aux « *visages d'anges* ». Cela l'avait émerveillé, après la forte émotion d'être pourchassé par les siens, et le rat pensait au passage, que ses congénères, bien trop laids, n'auraient jamais de peintures les représentant...

Donc, il contemplait Kristina, qui dormait sur le dos, les cheveux épars autour de son visage d'ange, et il imagina qu'elle était peut-être une créature échappée de l'une de ces peintures…

Puis, au petit matin, il commença à y avoir du remue-ménage dans le couloir, des humains qui parlaient ainsi que divers bruits, et Krunoka sortit peu à peu de sa rêverie. On arriverait bientôt à destination, et les passagers s'activaient pour libérer leurs cabines. La chanteuse ouvrit un œil, puis deux, sourit et dit au rat qui la regardait encore, de se préparer. Pour Krunoka, à part enfiler son manteau, il n'y avait pas grand-chose à préparer, et il attendit donc que Kristina soit prête.

Après un brin de toilette, et ses affaires mises dans le sac, la chanteuse était prête, et le rat grimpa dans la poche du sac. Sur recommandation de la chanteuse, il ne devrait pas sortir la tête ou le museau avant qu'on ne soit sur « *la terre ferme* ». Krunoka ne vit rien du débarquement, mais il entendit parler tout autour, et reconnut l'accent des humains de cette région. Cela lui rappela l'épisode avec les buveurs de petite eau dans le hangar, d'ailleurs peut-être y étaient-ils encore ?

En tout cas, il était content de revenir ici, même s'il était un peu anxieux de savoir ce qu'étaient devenus ses amis. Il sentit aussi, à travers la paroi du sac, que la température était nettement plus fraîche, mais il était bien calé sur des vêtements en laine de la chanteuse, et cela lui tenait chaud.

Kristina marcha dans la zone portuaire pendant un bon moment, et s'arrêta à un arrêt de bus. Elle ôta son sac, ouvrit un peu la poche latérale, et, toujours en souriant, demanda au rat si tout allait bien. Puis, elle retira un « *anorak* » de la poche principale, et l'enfila, car elle avait un peu perdu l'habitude de ces températures nordiques. Ils attendirent donc le bus, et étant seuls à cet arrêt, Krunoka put sortir la tête, et voir le paysage. Il y avait là des hangars, des camions, des machines qui déchargeaient des « *containers* », on était donc encore à proximité du port. Mais, contrairement à la dernière fois, il faisait beau, et un grand soleil illuminait ce début de journée.

XI

Beaucoup plus loin, la journée débutait aussi à l'opéra, avec un beau soleil également. Son nouveau Directeur, l'honorable ecclésiastique Auguste, prenait ses fonctions ce matin, mais avec deux problèmes qui lui occupaient l'esprit depuis la veille.

Le premier était la disparition subite d'une chanteuse prénommée Kristina, qui était pourtant prévue dans les prochaines représentations, et il fallait donc lui trouver au plus vite une remplaçante.

A ce sujet, la diva principale, Charlotta, n'avait d'ailleurs pas manqué de dire au Directeur ce qu'elle pensait de cette absence, en soulignant que « *l'on ne pouvait pas faire confiance aux gens de ce pays, qui avaient la culture du mensonge* »… Le Directeur avait ainsi pu faire connaissance de la diva, apprécier son « *franc-parler* », et son remarquable tour de poitrine.

Le second problème était ce petit mot, qu'il avait trouvé dans le bureau de son prédécesseur, concernant un « *fantôme* » dans l'opéra, et cela l'intriguait beaucoup. Pour un homme d'Eglise comme lui, tout était possible en matière d'esprits et autres revenants, et jadis, il avait même eu l'occasion de pratiquer un rite d'exorcisme sur l'une des jeunes femmes du couvent.

Cette dernière disait être « *possédée par le Démon* », et il l'avait guérie, après quelques incantations suivies de « *massages* ». En effet, pour faire sortir le démon de ce charmant corps, l'ecclésiastique, beaucoup plus jeune et vigoureux à l'époque, avait d'abord prononcé quelques mots dans une langue très ancienne. Puis, il l'avait fait se déshabiller complètement, et c'est en palpant les différentes parties du corps de la future religieuse, qu'il avait trouvé l'endroit exact où se cachait le démon.

Pour l'en chasser, il n'y avait pas d'autre « *solution* » avait-il dit, et s'étant déshabillé à son tour, il avait initié la jeune femme à ce qu'il nommait une « *expérience pour se rapprocher du Divin* ». Par la suite, celle qui entretemps était devenue religieuse, sollicitait souvent son aide à chaque fois qu'elle se sentait possédée. Le père Auguste, qui aimait par-dessus tout servir Dieu et se rendre utile chaque fois qu'il le pouvait, ne se faisait pas prier, pour ainsi dire, et chassait très régulièrement et bien vigoureusement le démon. Puis, un jour, la religieuse déclara qu'elle « *rendait ses vœux* », et qu'elle comptait quitter le couvent. Elle disait avoir pris connaissance d'une profession indépendante mieux adaptée à sa personnalité, et surtout à ses besoins physiques, que le saint homme lui avait d'ailleurs révélés.

Ce dernier, bienveillant, compassionnel et « *toujours à l'écoute* », déclara qu'il comprenait très bien, et lui dit qu'il passerait régulièrement la voir à sa prochaine adresse. Cependant, la future ex-religieuse ne manqua pas de lui signifier que démon ou pas, elle pratiquerait désormais des prestations tarifées, car « *il fallait bien vivre* », et le père Auguste lui répondit que le denier du culte était également fait pour ça.

Mais pour l'instant, il y avait un fantôme dans l'opéra, et cela chiffonnait vraiment l'ecclésiastique.

Toutefois, en regardant le message de plus près, il vit que c'était une vulgaire page détachée d'un carnet, avec quelques mots griffonnés dessus. Cette écriture ressemblait à celle d'un enfant, ou peut-être d'un analphabète. Homme d'Eglise mais aussi fin limier, le nouveau Directeur nota sur son agenda de convoquer donc ceux qu'il estimait être sans doute des analphabètes, c'est-à-dire le personnel d'entretien. Et comme son illustre prédécesseur, il avait repéré des femmes de ménage qui présentaient d'indéniables attraits physiques… Peut-être d'ailleurs étaient-elles aussi en proie à quelque démon ?

Le bus arriva dans la matinée, après un long moment d'attente pour les deux voyageurs. Selon Kristina, la destination choisie n'était pas « *très prisée* », aussi fallait-il laisser passer plusieurs bus, avant d'en trouver un qui se rendait là-bas Le village dont lui avait parlé Krunoka n'était desservi qu'une fois par jour, car c'était essentiellement un lieu où vivaient des personnes âgées et des agriculteurs. Ce n'était pas précisément ce que l'on appelle un « *haut-lieu du tourisme* », malgré ses charmes liés à la nature et sa tranquillité.

En montant dans le bus, la chanteuse en eut d'ailleurs la confirmation, celui-ci était au trois quarts vide, et les seules personnes qui étaient là étaient des vieilles femmes ainsi que quelques hommes. Des paysannes âgées qui venaient à la ville vendre leur petite production agricole, et des hommes un peu plus jeunes qui devaient travailler occasionnellement sur le port, pour décharger les navires et gagner un peu d'argent. Kristina n'était pas très friande de politique ou autre, mais elle connaissait bien la situation économique de son pays, car elle-même avait dû le quitter pour « *tenter sa chance* » à l'étranger.

Mais elle s'était vite rendue compte que ce n'était pas forcément « *mieux ailleurs* », car la concurrence y était féroce et les rapports humains semblaient se dégrader de plus en plus. Toute la propagande médiatique de ces pays vantait pourtant une qualité de vie meilleure, un développement économique et technologique constant, mais la réalité était beaucoup plus prosaïque. Et c'était surtout le comportement des gens qui l'avait choquée, cela lui avait fait penser à des enfants trop gâtés qui ne sont jamais contents, et qui se disputent tout le temps… Bref, le paradis n'était pas sur terre, ni ici, ni ailleurs, mais il fallait bien faire des expériences !

Puis, elle choisit une place vers le milieu du bus, et posa son sac à côté d'elle sur le siège près de la fenêtre, pour que son compagnon puisse sortir la tête et regarder dehors. Le bus repartit, et très vite on sortit de la périphérie, la campagne apparut, et Kristina fut heureuse de revoir les paysages de son enfance. Ces grandes forêts qui bordaient la route, et qu'elle n'avait pas vues pendant de longues années, cela lui avait terriblement manqué ! Et de la poche de son sac,

Krunoka aussi était enchanté de voir à nouveau tous ces arbres longilignes au tronc blanc, et dire qu'il était venu ici un an auparavant… Puis, il tourna la tête et observa autour de lui. Tout le monde somnolait à l'intérieur du véhicule, excepté l'un des humains, qui battait la mesure avec sa main posée sur l'accoudoir, en regardant par la fenêtre. Celui-ci avait un casque sur la tête, et Krunoka pouvait entendre de loin un léger « *boum-boum-boum* » musical. Il vit aussi qu'à ses côtés, Kristina s'était à son tour assoupie, et il retourna à sa contemplation du paysage.

Le bus effectua quelques arrêts dans des villages, d'autres humains montaient et descendaient chaque fois. Beaucoup de vieilles femmes prenaient place à bord du véhicule, elles avaient des foulards colorés sur la tête, et la plupart d'entre elles avaient toujours des paniers chargés de fruits ou de légumes, ou même parfois de volailles, dont on pouvait voir dépasser la tête. On roula ainsi pendant des heures, avant que le bus n'arrive à son terminus dans l'après-midi. Entretemps, Krunoka aussi s'était assoupi, et il fut presque surpris quand Kristina le réveilla pour lui dire qu'il fallait descendre.

L'arrêt du bus était un peu à l'extérieur du village, en direction de celui où résidait le père de Léonid, et le rat reconnut immédiatement les lieux par la fenêtre. Il en fut très ému, il avait le sentiment de n'être jamais parti d'ici, et en sortant de son roupillon, il crut un moment qu'il rêvait… Le temps d'émerger, il eût ainsi l'impression qu'il allait rejoindre ses amis, qu'ils sortiraient une bouteille de petite eau et que l'on prendrait l'apéritif devant la maison, sous l'arbre, et que Choupiko philosopherait, etc... Puis il se ressaisit, Kristina lui ordonna de rentrer sa tête, et ferma la poche du sac juste le temps de descendre du bus, lui dit-elle. Elle remonta ensuite le couloir entre les sièges, salua le chauffeur et sortit du véhicule.

Une fois à terre, elle attendit que les autres passagers se soient un peu éparpillés pour rouvrir la poche, et elle demanda au rat où on allait. Ce dernier, en ressortant la tête, lui indiqua la direction à prendre. Les lieux n'avaient pas changé, et à la vitesse où marchait Kristina, on arriverait rapidement au hameau où vivaient, du moins Krunoka l'espérait, Inkrustine, Choupiko et peut-être Léonid. La chanteuse marchait le long de la route en fredonnant, et elle semblait vraiment à l'aise, nota le rat qui l'observait du coin de l'œil. Sans doute était-elle heureuse d'avoir fui ce « milieu de serpents », c'était son expression pour parler du monde de la musique et du spectacle, et, l'air vivifiant de la campagne aidant, elle tenait ainsi un bon rythme de marche.

Puis on traversa le village, et Kristina eut droit à quelques regards appuyés d'humains mâles, qui n'avaient pas l'habitude de voir passer par là une aussi jolie femelle, et on s'approcha enfin du hameau. Le cœur du rat battait fort, et tout en continuant à donner des indications à la chanteuse, il se demanda si finalement c'était une bonne chose de revenir ici. Son imagination s'emballait et il pensait au pire, peut-être il n'y avait plus de maison, ou bien était-elle fermée, ou peut-être encore ses amis étaient tous morts ou en prison.

Même en charmante compagnie, ce retour était à la fois excitant et angoissant… Mais Krunoka se connaissait bien maintenant, et se sachant très émotif, il préféra penser à des choses plus positives.

Et il en fut bien inspiré… Car en arrivant à proximité de la maison de ses amis, il les aperçut tous les trois, Inkrustine, Choupiko et même Léonid, qui étaient attablés dehors devant la maison ! Oui c'était bien l'heure de l'apéritif… Et Kristina, en avançant toujours de son pas allant, arriva devant la maison rapidement.

Krunoka lui demanda alors de s'arrêter pour qu'il descende du sac, et tous deux marchèrent en direction du trio attablé. Ce fut Léonid le premier, qui, alors qu'il portait son verre à la bouche, resta un moment interloqué. Les deux autres, qui discutaient, virent que celui-ci fixait quelque chose droit devant lui, et s'arrêtèrent de parler quand ils réalisèrent « *qui* » arrivait. D'abord, les trois paires d'yeux se portèrent sur l'humain femelle, puis ils virent Krunoka qui marchait aux côtés de cette ravissante créature.

Après un court instant de méfiance à l'égard de celle-ci, ils se levèrent aussitôt pour venir à la rencontre du couple. Kristina s'arrêta, resta un peu en retrait, et laissa le rat seul s'approcher de ses trois amis. Ce fut des grandes retrouvailles, et on fit ensuite les présentations. La chanteuse arborait un large sourire qui mit tout le monde en confiance, et elle fut adoptée sur le champ. On s'installa ensuite autour de la table pour continuer l'apéritif, et raconter tout ce qui s'était passé depuis le départ de Krunoka. Celui-ci constata que ses trois amis n'avaient pas changé, mais les mots avaient du mal à sortir tellement il était ému, et tellement il avait de choses à raconter. Choupiko, toujours sa cigarette au bec, remplit les verres, et ce fut Inkrustine, qui, après avoir porté un toast aux retrouvailles, proposa d'écouter Krunoka s'exprimer. Choupiko et Léonid acquiescèrent, et tout le monde tendit l'oreille. Le rat ne savait pas bien par où commencer, mais sous le regard bienveillant de Kristina, il se lança dans son histoire.

D'abord, il parla de la peur qui l'avait saisi la dernière fois où il avait mis les pieds dans cette maison, quand il avait vu la scène avec le canard armé. Puis de sa fuite et du doute qu'il avait à revenir ici, et donc sa décision de retourner dans son pays. Puis, la machine à trois roues dans laquelle il était monté, le bateau, et finalement l'opéra, et bien sûr sa rencontre avec Kristina. Il ne fut pas avare de détails sur son séjour dans ce « *haut lieu de la musique* », en parlant des représentations, des personnages également « *hauts en couleur* » qui y travaillaient, et du drame final. Tout en racontant ses aventures, il vit des sourires ou des signes d'étonnement sur les visages de ses amis, qui ne disaient rien mais qui écoutaient avec attention.

Il eût ainsi l'impression de conter une histoire à des enfants, tellement ils semblaient fascinés !

Seul Léonid semblait moins surpris, concernant quelques passages sur la direction de l'opéra, les artistes, etc…

Sans doute avait-il sa propre expérience des salles de concert. Cela dura un bon moment, puis on remplit les verres à nouveau, et Kristina ajouta quelques éléments à ce que venait de dire Krunoka.

Puis ce fut au tour d'Inkrustine de relater les évènements de l'année précédente, et d'en informer aussi Kristina. Alors que Krunoka s'était absenté, le canard armé était sournoisement arrivé, il se prétendait un « *représentant de la loi* » et recherchait Léonid. Et justement, au moment même où Krunoka était sur le seuil de la maison et faisait demi-tour pour s'enfuir, Léonid aurait essayé de profiter de cette diversion pour désarmer le représentant de la loi. Mais le canard aurait tiré sur le pianiste, et crut sur l'instant qu'il l'avait touché « *en plein cœur* ».

En fait, la balle avait atterri dans la fiole en métal de la poche intérieure du manteau de Léonid, et s'y était coincée. Ce dernier avait toujours sur lui cet objet rempli de petite eau, c'était un cadeau de son père auquel il tenait beaucoup, et il simula d'être mortellement blessé en s'écroulant sur le sol. Le canard s'avança ensuite pour voir s'il vivait encore, mais Léonid qui était donc bel et bien vivant, réussit ce coup-ci à le désarmer alors qu'il se penchait sur lui. Inkrustine et Choupiko se ruèrent ensuite sur le représentant de la loi et le neutralisèrent. Ils l'attachèrent ensuite avec une corde, et le gardèrent plusieurs jours comme ça, en le nourrissant de temps en temps.

A ce stade du récit, Inkrustine, d'habitude sûr de lui et maître de ses émotions, se racla la gorge, hésita un peu, puis dit : « *mais, ensuite, il y a eu un problème, et finalement, on a décidé de le manger...* ». Il ne laissa pas le temps aux nouveaux venus de réagir, et continua en expliquant qu'il n'y avait pas d'autres solutions, et surtout « *qu'ils ne l'avaient pas tué volontairement* ». Krunoka fut complètement abasourdi par ce qu'il venait d'entendre, et songea qu'il aurait dû retourner à la maison ce jour-là après s'être enfui. Kristina, quant à elle, ne manifestait aucune émotion visible, et trempait délicatement ses lèvres dans son verre de petite eau.

Mais Inkrustine voulait finir son histoire, et il se mit à donner des détails. D'abord, la détention se passait bien, le canard était d'un naturel calme, et ne manifestait aucune intention d'évasion. Il avait juste prévenu ses « geôliers », qu'ils faisaient une « *grave erreur* » en se rendant complices d'un meurtrier, car selon lui, Léonid avait assassiné trois innocents dans son pays. Mais à part cela, il n'ouvrait pas la bouche, sauf pour manger ce qu'on lui donnait.

Un soir, Choupiko, pris d'une légère pitié pour le prisonnier, lui proposa de boire de la petite eau, et il le fit boire directement à la bouteille. Une fois une bonne dose ingurgitée, le canard remercia son geôlier, mais peu de temps après il se mit à tousser, ses yeux semblèrent sortir de sa tête, et celle-ci devint jaune puis verte. Il poussa un râle, puis son expression se figea et il ne bougea plus. Inkrustine, Choupiko et Léonid, qui étaient dans la même pièce en train de manger et boire, accoururent, le détachèrent, mais ne purent que « *constater son décès* ». Choupiko comprit tout de suite qu'il n'avait pas supporté la ration de petite eau, et que son cœur avait dû lâcher. C'était embarrassant de se retrouver maintenant avec un cadavre, et les trois amis décidèrent donc de le plumer le lendemain, et de le manger les jours suivants. Ils récupérèrent quand même son arme, cela pouvait toujours servir, et brûlèrent dans le poêle ses « *effets personnels* », à savoir son manteau vert et son chapeau mou.

Ainsi disparaissait un brillant représentant de la loi, en mission dans un pays étranger.

Ce fut Kristina qui intervint la première, en demandant « *comment* » ils avaient cuisiné le canard. Elle ne se prétendait pas être une grande cuisinière, loin de là, mais elle connaissait certaines recettes traditionnelles délicieuses, justement à base de canard. Choupiko lui répondit qu'après l'avoir plumé et vidé de ses entrailles, ils l'avaient fait griller à la broche, dans le jardin devant la maison. Léonid avait cueilli quelques herbes dans la prairie pour parfumer un peu la viande, mais, dans l'ensemble, ce n'était pas une « *grande préparation culinaire* ». On se mit d'accord pour faire des efforts dans l'avenir en matière de cuisine, surtout maintenant que l'on avait une « *invitée de marque* »... La chanteuse rougit un peu, déclara être très honorée d'être acceptée dans la petite communauté, et à son tour elle raconta sa vie à ses nouveaux compagnons.

La journée s'achevait et une légère fraicheur se faisait ressentir, aussi les cinq décidèrent de rentrer dans la maison. On fit d'abord visiter les lieux à Kristina, puis on s'installa près du poêle que Choupiko mit en marche. Inkrustine s'en fut chercher une nouvelle bouteille et de quoi manger, car l'heure du repas approchait. Puis

Krunoka remarqua qu'il y avait dans la pièce un nouvel instrument de musique, le même que celui des humains qui buvaient et chantaient dans le hangar sur le port. Inkrustine lui expliqua qu'il l'avait trouvé un jour dans une poubelle, l'avait ramené à la maison et un peu rafistolé, car il pensait qu'à défaut de piano, Léonid pourrait en jouer. Et effectivement, le grand pianiste qu'était Léonid n'eut aucun mal à s'adapter à ce nouvel instrument, un « *accordéon* », et que les humains appellent souvent le « *piano du pauvre* ». Et le maître des lieux ajouta que la guitare de Krunoka était toujours là, à l'étage au-dessus, et que la maison comptait maintenant une chanteuse, deux musiciens, le danseur qu'il était… Et qu'il ne restait plus qu'à « *trouver du job* » à Choupiko !

La soirée qui suivit le repas fut donc inévitablement à caractère musical, car en présence de deux artistes et d'un compositeur en herbe, on était en droit d'assister à un véritable concert. Léonid à l'accordéon, Krunoka à la guitare, Kristina qui pouvait « *tout* » chanter, plus les improvisations de danse d'Inkrustine, ce fut donc une mémorable soirée de retrouvailles et de partage musical. Choupiko ne resta pas en retrait, il montra ses capacités rythmiques en tapotant sur les bouteilles vides, et les cinq décidèrent même en plaisantant de « *former un groupe* ».

Bien sûr, la petite eau avait grandement aidé à cette émulation artistique, mais une véritable osmose semblait s'être établie entre eux. On clôtura ce mini-concert sur « *l'hymne à la joie* » qu'avait composé

Krunoka, et Kristina l'interpréta de sa plus belle voix, tandis que l'accordéon de Léonid improvisait de merveilleux arpèges d'accompagnement. Puis tous décidèrent d'aller dormir, car la soirée était déjà bien avancée. La maison n'avait jamais été aussi remplie remarqua Inkrustine, et on se souhaita une belle et bonne nuit.

Une fois les lumières éteintes, seul le chant d'un hibou qui avait élu domicile depuis peu dans l'arbre devant la maison, prit le relais, et berça ses habitants.

XII

Le lendemain, il fallut un peu organiser l'intérieur de la maison, de manière à ce que chacun puisse être le plus confortablement installé.

« *Les amoureux* », comme les appelait Inkrustine, se partageraient l'étage avec Léonid, et le rez-de-chaussée serait réservé à lui et Choupiko. Il fallait également se préparer aux jours froids qui viendraient bientôt, et faire d'importantes réserves de bois.

Tout le monde connaissait les rigueurs de l'hiver ici, excepté Léonid qui était arrivé dans la région au printemps. D'ailleurs, celui-ci ne manifestait aucunement le désir de retourner dans son pays, d'une part il s'y savait sûrement recherché par la police, et d'autre part il était content d'avoir retrouvé son père dans le village voisin. Il resterait là le temps qui lui plairait, et considérait que s'il mettait un terme à sa carrière de « *pianiste classique* », il n'en demeurait pas moins un musicien. Et à cet égard, il insista : cette idée de former un groupe avec ses amis dans un proche avenir serait sa priorité.

Un humain, un ours-rat et trois rats qui faisaient de la musique, voilà une communauté pour le moins originale, et dans les temps qui suivirent, les villageois ne manquèrent pas de le remarquer. La présence de cette jeune et jolie femme chez ceux qu'ils appelaient les « *oubliés du hameau* », les étonnèrent bien-sûr, mais par chance, ce village semblait comme « *protégé des dieux* », car tous ses résidents étaient plutôt pacifiques.

La vie dans la maison du hameau s'organisa, Kristina s'adapta rapidement, et les activités musicales cimentaient l'amitié entre les cinq. Un jour d'ailleurs, et après une répétition particulièrement réussie, Léonid baptisa le groupe « *le quintet du hameau* », et ce nom fut adopté à l'unanimité. Le quintet en question accompagnerait la chanteuse dans tous les styles de musique, tandis qu'Inkrustine et Choupiko se partageraient respectivement les rôles de danseur, de percussionniste et « *d'imprésario* ».

Un beau matin, Kristina annonça qu'elle partait avec Krunoka voir son oncle. Elle prendrait le bus au village pour s'y rendre, et rentrerait en fin de journée, car selon elle il n'habitait pas loin. Comme toujours, on les attendrait à l'heure de l'apéritif, et la chanteuse partit donc avec son « *amoureux* » qui reprit place dans la poche latérale du sac à dos. C'était le jour aussi où Inkrustine devait « *faire le plein* », c'est-à-dire aller chez le fameux nez rouge pour remplir les bouteilles de petite eau. Ensemble, ils quittèrent la maison, et se séparèrent plus loin à l'arrêt du bus.

Quelques heures plus tard, Kristina et Krunoka arrivèrent au village où vivait l'oncle, et une fois descendus du bus se rendirent chez lui. Kristina semblait un peu nerveuse, ce qui était assez inhabituel chez elle car elle était plutôt « *cool* » en général, comme l'avait remarqué son petit compagnon, mais elle lui dit qu'elle avait « *un mauvais pressentiment* ».

Peu de temps après, ils furent devant la maison de l'oncle, située en bordure de la route, à côté d'autres maisons similaires et relativement récentes. D'après ce que savait Krunoka, celui-ci était déjà âgé quand Kristina l'avait quitté, et il avait préféré à cette époque vivre dans une maison plus moderne et mieux chauffée.

Celle-ci comme les autres possédait un petit jardin devant, mais celui de l'oncle était en friche, et Kristina vit aussi que les volets étaient fermés. Elle appuya quand même sur le bouton de la sonnette, mais personne ne répondit. Elle insista plusieurs fois, quand une femme avec un fichu multicolore sur la tête apparut dans le jardin voisin.

Elle tenait une poignée d'herbes dans une main, et une petite bêche pour le jardinage dans l'autre. La femme regarda par-dessus la clôture, et reconnut sans doute Kristina, car elle l'appela par son prénom, puis vint à sa rencontre. Avec beaucoup de douceur dans la voix, elle lui expliqua tout de suite que son oncle était « *parti, emporté par la maladie* », il y avait déjà un bon moment. Elle donna des détails à la chanteuse, qui paraissait infiniment attristée, mais qui « *s'en doutait un peu* ». La femme l'invita ensuite dans sa maison à boire le thé, et Krunoka, toujours dans le sac, ne perdit rien de la conversation pendant tout le temps où elle raconta la vie de l'oncle. Celui-ci était très apprécié ici, il s'occupait d'une association de protection des animaux, faisait partie de l'orchestre du village, et il lui avait souvent parlé de sa nièce. Il était très fier de la carrière artistique qu'elle suivait, lui qui l'avait initiée à la musique, mais étant très pauvre, et ayant toujours vécu seul, il n'avait presque rien à léguer.

Puis la femme s'interrompit d'un coup, posa sa tasse de thé, se leva et dit à Kristina d'attendre un instant. Elle revint une minute plus tard avec une vieille trompette dans les mains, et lui dit : « *voilà, c'était son seul bien matériel, il m'avait dit de vous donner ça si vous repassiez un jour par ici* ». La chanteuse, très émue, prit l'instrument, le regarda un instant, le mit dans son sac, se leva et embrassa la femme. Elle la remercia chaleureusement, et lui dit qu'il fallait qu'elle parte prendre son bus.

Ainsi, Kristina se retrouvait désormais sans famille, avec juste la compagnie de ses quatre amis. Et sur le chemin du retour, elle resta silencieusement à contempler le paysage qui défilait par la fenêtre.

Des bouteilles trônaient sur la grande table en bois, le poêle diffusait une agréable chaleur, et le couple fut accueilli en musique dès qu'il franchit le seuil de la maison. Léonid jouait en effet une valse sur son accordéon, pendant que Choupiko et Inkrustine s'activaient dans la cuisine.

On s'enquit de la visite chez l'oncle, et une fois la nouvelle apprise tout le monde compatit à la tristesse de Kristina. Cette dernière fut très touchée par les marques d'affection de ses amis et désormais seule famille, mais en tant qu'artiste qui sait maitriser ses émotions, elle voulut rendre un hommage immédiat à son oncle qui lui avait appris la musique.

Elle donna quelques indications à Léonid pour l'accompagnement, et elle se mit à chanter. Tout le monde fut très ému en l'entendant, même le musicien qui l'accompagnait et qui pourtant devait rester concentré, car ce chant était comme « *une voix de l'au-delà* ». Krunoka n'avait jamais rien entendu d'aussi beau, même pas à l'opéra pendant tout son séjour, et il retint ses larmes.

Mais cette mélodie envoûtante soudain lui rappela quelque chose…

Oui, c'était bien le chant qu'il avait aussi entendu chez la jolie chatte, le jour même où le canard armé avait débarqué dans la maison. Cet air qui lui était resté dans la tête, et qu'il voulait jouer sur sa guitare avant qu'il ne s'évapore, et qui malheureusement s'était évaporé…

Ainsi Kristina connaissait et interprétait divinement bien ce chant, profond et aérien, qui parlait de la « *beauté de la nature* » et de « *l'âme qui ne meurt jamais...* ».

Alors Krunoka comprit que sa place était là, dans cette maison et avec ses amis, et ce jusqu'à la fin de ses jours.

Epilogue

L'opéra où avait séjourné le rat fonctionnait à merveille. Le nouveau Directeur, et chargé des missions culturelles de la ville et de la région, s'avérait être un formidable dirigeant et il resta finalement à ce poste plus longtemps que prévu.

En effet, ses multiples qualités d'homme cultivé, spirituel, et d'expérience dans les domaines de la gestion et de l'administration, furent unanimement reconnues par les autorités. Il bénéficia ainsi de l'appui des élus locaux pour diriger l'opéra jusqu'à sa mort.

Cependant, le père Auguste, comme on l'appelait désormais au sein de l'opéra, avait une autre qualité connue seulement des femmes qui l'entouraient.

D'abord la secrétaire Monica, qui, pendant les fameuses « *pauses-café* » bénéficia des talents de « *chasseur de démons* », et de l'incroyable vigueur de l'ecclésiastique malgré son âge, ainsi que de la taille de sa queue.

La diva Charlotta pourrait elle aussi en témoigner, ainsi que les diverses employées de ménage et autres inconnues... Bref, toutes celles, qui avaient connu le père Auguste et son prédécesseur, et qui mesuraient - pour ainsi dire - la différence de longueur de queues…

Ce formidable Directeur, qui avait aussi beaucoup d'humour, fit appel quelques années plus tard à un artiste local, pour réaliser un projet qui lui tenait à cœur. Il avait en effet l'habitude de côtoyer de nombreux artistes, et il demanda à l'un de ceux qui peignaient les décors, de le représenter en sculpture.

Le père Auguste fit lui-même un dessin de ce qu'il voulait, et il demanda donc à l'artiste en question de réaliser cette œuvre après sa mort. Il fit ensuite son testament, et sa dernière volonté était donc qu'une statue le représentant soit placée aux abords de l'opéra.

Son vœu fut plus tard exaucé par les autorités locales, qui le considéraient comme un « *homme de paix et de culture* ».

Mais « *pourquoi une statue d'un humain avec une longue queue dans les mains* » s'interrogent toujours les passants devant cette étrange sculpture ?

Ce n'est peut-être pas ce que l'on croit, et qui plus est, si tel était le cas, ce secret resterait bien gardé par les femmes qui ont connu le Père Auguste.

En fait, c'est parce que l'ecclésiastique avait peut-être deviné qui était « *K. fantôme de l'opéra* », énigme qui l'intrigua longtemps…

Mais dont il eut la réponse un jour, en visionnant pour la énième fois les vidéos du drame. L'humain jaune au balcon qui filmait tout pendant la représentation, avait aussi filmé à côté et autour de lui.

On y voyait le siège où, d'après la femme de ménage, avait été déposé le mot du fantôme… Mais surtout ce que l'on y voyait, c'était un rat avec une longue queue qui semblait passionné par le spectacle. Le saint homme avait-il réellement compris qui était le fantôme ?

En tout cas, cela l'avait beaucoup amusé…

Merci à Antoinette Aubin

© 2019, Bruno Catier
Édition : BoD – Books on Demand,
12/14 rond-point des Champs-Élysées, 75008 Paris
Impression : BoD - Books on Demand, Norderstedt, Allemagne
ISBN : 9782322035144
Dépôt légal : Mai 2019